你的右手有蜂蜜香

片岡翔

目錄

序　致臺灣讀者

這是一個女孩想要拯救母熊被槍殺的小熊的故事。

在我生長的北海道棲息著許多棕熊，常常發生棕熊為了尋找食物來到人類居住區、遭到槍殺的事件。居民畏懼熊，因為熊被驅逐而感到安心；然而每當看到這樣的報導，我的內心就會不安，懷疑這種做法是否正確。

這當然不是叫大家不要擊斃熊就能解決的簡單問題。在尊重其生命的同時，也不能忽視居民的生命受到熊的威脅、田地被熊破壞而導致生活艱困的事實。從別的觀點來看，為了這樣的理由被驅逐的也不是只有熊。放大視野，就會看到人類為了生存，犧牲了許多動物。我們無法責難這種情況。我自己一方面覺得應該要善待動物，另一方面也住在剷除山林建造的屋子，排放超出必要的二氧化碳，並且吃肉生活。

像這樣的矛盾，不論怎麼思考，都無法找到正確答案。我把像這樣混沌不明的想法，託付在這個故事的主角雨子身上。

對於臺灣人來說，熊是什麼樣的存在呢？

我查了資料，得知在臺灣也有和日本本州一樣的亞洲黑熊，而且在臺灣也有很多熊的吉祥物，因此我猜想或許和日本人對熊的感情相同。

雨子對於威脅人類生命的熊被當成可愛吉祥物、受到歡迎的現象也抱持疑問。除了熊以外，她也發現其他各種矛盾，在生活中不斷思考、煩惱。相較於什麼都不去思考，像她這樣或許會活得更痛苦，不過我相信人活在世上，去思考這些問題是很重要的。

我目前已經寫作三本小說，但這是第一次在國外出版。

對於宛若自己孩子般重要的這部作品《你的右手有蜂蜜香》獲得翻譯出版、能夠讓鄰近的臺灣讀者閱讀，我感到前所未有的喜悅。

在此我要由衷感謝尖端出版社的所有人、譯者黃涓芳，還有閱讀本書的所有臺灣讀者。

雖然寫了很多沉重的話題，不過本書是娛樂小說。希望各位臺灣讀者能夠輕鬆享受閱讀樂趣，替無法靈巧生活的雨子加油，我會感到無比地幸福。

二〇二一年十二月　片岡翔

我第一次看到讓蚊子吸自己血的人。

坐在我正對面的園長手臂上，停了一隻白線斑蚊。或許是因為不合季節出生，因此小到像一顆痣，不過斑蚊在晒黑的肌膚上很明顯。園長確實掌握到那隻蚊子停在手臂上的瞬間，但是她文風不動，把自己的血捐獻給小小的生命。

「岡島小姐，妳為什麼想要在動物園工作？」

聽到副園長低沉的聲音，我才被拉回現實。

「因為我喜歡動物。」

我挺直背脊，談起預先準備的過去，像是校舍後方的兔子救贖了當時孤獨寂寞的自己、遠親受到導盲犬的幫助、目睹母牛生產讓我感到世界煥然一新……等等。我熱切地訴說著為了這一刻寫在本子上的謊言。

「這是妳喜歡動物的理由吧。」

園長首度發言，蚊子便飛走了。

「我再問一次，妳為什麼想要在動物園工作？」

宛若魔法發動一般，我感覺時間好像停止了。

周遭一片靜悄悄的，連空氣都沒有流動。園長的瞳孔看起來像是以慢動作在縮小。她的眼睛沒有訴說任何內容。如此理所當然的事讓我感到畏懼。被注視是很可怕的。原來這就是動物園居民的心情。為什麼要這麼做？誰有這樣的權利？真心話差點像打嗝般跳出來，因此我把它和著胃液吞到腸子底部。握緊的手變得潮溼。指甲嵌入掌心，切斷生命線。

動物界、脊索動物門、哺乳綱、靈長目、人科、人屬、智人。

不是「人」。眼前的女人是智人，跟我一樣——靈長目、人科、人屬、智人。

我像念咒語一般默念學名，視野總算變得寬闊。

眼前的一排大人當中，園長嬌小的身體格外具有存在感——草坪般的短髮、小鹿斑比般細細的脖子、眼尾皺紋的黑影——那不是猴王炫耀式的威嚴，而是蘊藏著深海魚般頑強而堅韌的力量。

我曾經看過這雙黑豹般的眼。

如果我撒謊，大概會被完全看透。我注視那雙看著我的眼睛，放鬆手指的力量。我沒有深呼吸，只是像每天不自覺地吸入、又隨意吐出的氣息般，說出真心話——

「因為我想要拯救動物。」

「什麼動物？」

她迅速地反問，彷彿先前的魔法只是幻覺。

「熊。」

我直接回答，沒有說謊。我無法說謊。

「那麼請妳閉上眼睛，想像一下。」

周圍的視線集中在園長身上。她彷彿將這些視線匯聚在一起反射，射穿我的眼睛。我閉上眼睛迴避她的視線，聽到平靜而高雅的聲音。

「妳站在鐵路的交叉點，眼前有一支操縱桿。」

真是不可思議。我的眼前出現荒涼的大地，老舊的鐵路一直延伸。我聞到鐵的氣味，眼前有支生鏽的大操縱桿，我就站在這支操縱桿前方。

「遠處有火車接近。」

園長的聲音聽起來越來越像鄧不利多校長。明明是女性，明明是日語，卻不覺得奇怪。遠處有火車駛來。

「在火車前進的方向，鐵路上有人在睡覺。不論是小孩或老人都可以，總之是陌生人。是妳不認識的人。」

我看到人影。因為又遠又暗，因此輪廓有些模糊。

「只要妳拉起操縱桿，列車就會改變方向，那個人就能夠得救。」

我把手放在操縱桿上。觸感很粗糙，指尖變得冰冷。

「可是拉起操縱桿改變方向的前方，有一隻熊在睡覺。那是妳最喜歡的熊。」

我看到巨大而漆黑的身體。雖然覆蓋著亂蓬蓬的毛，但輪廓並不模糊。是你。你把鐵路當枕頭，睡得很沉。

「即使跑過去救牠，也來不及了。」

砂礫和枕木發出喀噠喀噠的聲音。從操縱桿傳來的震動無秩序地搖晃我的身體。

「這時候，妳會不會拉起操縱桿？」

巨大的汽笛聲響起。火車已經逼近。我的身體雖然像地震襲來般晃動，但我的心沒有動搖。

「我不會拉。」

我毫不猶豫地回答，火車便通過我眼前，把睡著的人撞飛。

「那麼——」

隨著鄧不利多園長的聲音，火車開始倒車，就像錄影帶倒轉般發出啾啾啾的聲音。被撞飛的人飛到空中，以不自然的動作回到原位。畫面之所以自動倒轉，是因為我知道園長接下來要說什麼。

「如果是相反的情況呢？」

火車通過眼前消逝。往遠處望過去，你和人類的位置互換了。

「如果拉起操縱桿就能夠救那隻熊，妳會怎麼做？」

火車再度從遠處駛來。你睡在火車行駛的前方，胸口隨著睡眠中的呼吸起伏。砂礫和枕木發出喀噠喀噠的噪音。火車的震動還沒有傳遞到我的身體，我就毫不猶豫地把手放在操縱桿上。

「我會拉起操縱桿。」

火車改變行進方向，朝著人類疾馳。我不願看到那幅景象，便張開眼睛。黑豹般的眼睛默默地凝視著我。

「我知道了。」

園長只說了這麼一句話，鬆開在桌上交握的雙手。她沒有肯定也沒有否定，沒有生氣也沒有笑。雖然看不出感情，但是和面無表情有些不一樣。這是只顯示活著的表情，就好像正在縫給小孩帶到學校用的抹布的媽媽。接下來她就不發一語，以縫抹布的表情聽其他大人很普通的問題，以及我的模範回答。過了幾分鐘，她點了點頭，表示面試結束。

「那就到此結束。謝謝妳。」

事務局長說完，所有的大人就鞠躬。我也鞠了躬，正準備站起來，雙腳卻開始發抖。我在地板瓷磚的花紋中，看到被火車撞飛的人臉孔。拉起操縱桿真的好嗎？我是不是應該說謊？即使會被看穿是謊言，是不是也應該裝出很苦惱的樣子嘆氣說不知道，才是正確答案？

「那個……」

我明明想要盡快離開這裡，卻不禁開口。

「剛剛的問題，有正確答案嗎？」

其他的大人也看著園長。他們似乎也想要問這個問題。

「沒有正確答案。」

園長毫不猶豫地回答，讓我的心情稍微平靜下來。

「我們的工作也一樣，沒有正確答案。」

撲通。我聽到心跳的聲音。

「不過——」

撲通、撲通。她接下來要說的話，會決定我的人生。

撲通、撲通、撲通。我盯著她的嘴巴，豎耳傾聽。

「我認為不應該拉起操縱桿。」

心跳聲停止。我聽見蚊子在飛的聲音。

結束面試後，我被放到園內。

看過好幾次的景色顯得和平時不一樣，是因為我沒有買門票嗎？不，不對。

剛剛明明已經停止的心臟又開始劇烈跳動，到此刻才輸出血液。無處可去的血液滯留在腦袋。就如犀牛用身體撞牆壁一般，毫無保留的聲音震盪在頭蓋骨上。

果然還是不要說實話比較好。說要拉起操縱桿，一定會被當作只想強調自己熱愛動物的吹牛者，或是過度極端的愛護動物人士。

水面冒出泡沫。混合咖啡色與綠色的水進入眼中。這裡有河馬。河馬從泥水中探出頭瞪我。

我是不是應該補充說明比較好？是不是應該加以解釋，而且應該更表達自己的幹勁與熱誠？我是不是應該懇求，自己非常非常非常想要進入這家月之丘動物園？怎麼辦？要怎麼做？我該怎麼辦？到此刻我開始失去冷靜，但雙腳卻自顧自地走動。

手指記得。我想起小學三年級時，美琴流暢地彈完我不熟悉的古典音樂之後說的話。我也想起自己有點羨慕她修長的手指和柔順的長髮。美琴，妳說得沒錯。即使處在這樣的心理狀態，我的雙腳仍舊記得。

在黑色柵欄的另一側、比深溝更遠的地方，你在冷冰冰的岩壁環繞下睡覺。

「北海道棕熊。雪之介。公熊。十二歲。來自北海道。」

招牌上寫的不是真正的名字。真正的名字就連我也不知道。

即使披著亂蓬蓬的毛，你仍舊縮起身體，好像感覺很冷。

你漆黑的身體，彷彿能夠覆蓋這世界上所有不幸般。

耗時十二年，我總算得到能夠待在你身旁的機會，可是我卻白白浪費了。我拉起操縱桿，把人撞死了。動物園是為了什麼存在？為了動物？為了保存物種？不對，這裡是為了人類而存在的。或者應該說，所有的一切——包括地面、天空、海洋、月球和宇宙——這世界的一切都是為了人類而存在。大家都這麼想。

怎麼辦？要等到下次徵人嗎？什麼都不做，只是等待不知何時才會來臨的徵人機會？我必須想別的辦法才行。我必須前進，必須向前走——不，應該要用跑的。我只知道這一點，不過這才是最重要的。而讓我想起這一點的，還是眼前的你。

「等等我。」

我說出口，乾渴的喉嚨也變得溼潤。

你站起來，凝視著我。

圓滾滾而溼潤的眼睛，彷彿以視線包覆著我。

只有你知道，只有你了解，我來到這裡的理由、站在這裡的目的。

等等我。

不論使用什麼手段，我一定會把你從籠子裡救出來。

二〇〇五年

我討厭集體行動，卻喜歡集體放學。

集體上學，集體放學。光只是這樣，心中就充滿期待與興奮，是因為感受到非日常的氣息。而且不同於平常總是依照身高、依照座位、依照姓名五十音順（註1），或是找好朋友的既定分組方式，上下學純粹依照居住地點劃分，感覺也很大而化之、很酷。

非、日常。打破無聊日常的，是熊。

「今天禁止小孩子自己外出。大家要遵守規定！」

國道沿線出現棕熊，因此學校規定集體放學。老師在前方拉高嗓門宣布，但卻是反效果。尾沼他們甚至還在討論去哪裡可以看到熊。老師應該是對付小孩子的專家才對，可是卻什麼都不知道。而且小孩子不能自己外出，難道跟大人在一

註1　五十音順：日文平假名或片假名最常用的排列順序。

起就會安全嗎？大人能打倒熊嗎？唉，我內心又多了新的問題。

「集體放學真的就安全嗎？」

走在後面的那智小聲地說。沒錯，就是這個問題。他果然明白。

那智是在一年級的冬天轉學進來的。他的個子排在最前面，體重也比我還輕很多，戴著像字典一樣厚重的眼鏡，所以在轉來的那一天就被男生取笑。不過我對他的眼鏡非常有興趣。用那麼厚的眼鏡看世界，不知道像什麼樣子。會不會看見魔法國度？我跑過去跟他說「借我借我」，不等他回答，就從他小小的臉上摘走眼鏡，戴在自己的臉上。不過我完全沒看到什麼魔法國度，只看到眼前的一切都變得模糊不清；就好像原本期待米老鼠，結果卻出現大老鼠一樣。

我對他說：「你有辦法活在這樣的世界，真厲害。」

那智只回了一聲「咦」，然後看著我。他應該什麼都看不到，但是卻默默盯著我。

在那之後，那智就總是跟我在一起玩。他會接住我投出的疑問，即使接不住，也會設法跑去撿起來。即使不知道答案，也會傳回來給我，有時也會自己發出疑問。

就算集體放學，也不可能沒事。如果是殺人犯，看到有大人在可能就會放棄，但是對象是熊，搞不好會覺得「哇，有好多獵物」，結果人多反而更容易遭受攻擊。老師也沒有攜帶武器，右手拿的黃色旗子沒辦法救任何人。
「不過如果走在一群人的最中間，不管熊從前面或後面攻擊，也許都能逃掉。」
聽我這麼說，那智稍微拉高聲音問：
「妳的意思是，不去救被攻擊的人，自己逃掉？」
「嗯~的確是這樣，可是不太一樣。應該說是趁別人被攻擊的時候逃掉。」
那智發出「啡啡」的聲音。他不是在笑，而是感到害怕。
非日常。啡啡日常。不對，這樣就變成日常了，所以應該說是啡啡啡日常。
這個愉快的語音讓我搖晃著短髮咯咯笑。

回到家，我放下書包。媽媽是典型的一般人，如果在熊出沒的日子發現我沒有回家，一定會衝到警察局。所以雖然很麻煩，我還是撒了謊。
「我要陪那智去看眼科。」
「為什麼要雨子陪。」
媽媽是典型的一般人，所以回應的疑問就跟我預期的一樣，不過句尾沒有加上問號。她每次都這樣，假裝在問問題，其實卻加入自己的想法。
「聽說那智的媽媽每次都把他一個人留在眼科，自己去買東西，所以那智感到很孤單。」

那智今天要去眼科是謊言，不過他媽媽總是留他一個人是事實。雖然不知道那智會不會感到孤單，不過他應該會感到孤單。他的表情看起來就很孤單。

「我們會搭那智媽媽的車子去，所以就算熊出現了也不用擔心。跟野生動物園一樣！」

我這麼說，媽媽便說「好好好」並站起來。

媽媽也知道，那智每天都會寫日記。我想說的是，媽媽知道那智很認真，所以她從來不會反對我跟那智玩。不僅如此，她還從櫥櫃中拿出四顆日式饅頭給我帶去。

「為什麼是四顆？要給眼科醫生嗎？」

「其中兩顆要給那智的媽媽。幫我跟她打招呼。」

為什麼？因為是大人，所以要兩顆嗎？還是說要分給那智的爸爸？不對，媽媽應該知道那智的爸爸長期出差不在家。我想問的問題很多，不過還是算了。媽媽是很典型的一般人，被問太多問題就會累。這是砂村告訴我的。

「她應該是想要多給一些吧。」

那智邊吃饅頭邊說。

「為什麼？剛剛好不是比較爽快，也不會起爭執嗎？」

「大人好像都會這樣。」

「好奇怪。」

我吞下甜膩的紅豆餡，把手放在剩下的兩顆饅頭上。

「那智，你媽媽需要兩顆嗎？」

「應該不需要。」

「那我們吃掉吧。」

我把一顆放進那智的口袋，打開另一顆的包裝。當我把饅頭分成兩半，左手的那一半大了許多。

「我不用了。」

那智搖頭。我把左手伸出去。

「沒關係，你吃吧。」

不知道為什麼，我想要給那智比較大的那一半。我把較小的一半塞進嘴裡，那智也乖乖吃掉，然後從束口背包拿出零食。

「怎麼又是馬鈴薯圈（註2）？每次都帶這個。」

我雖然這麼說，但是其實最喜歡吃馬鈴薯圈。那智也知道這一點。

註2　馬鈴薯圈：日本東鳩（Tohato）公司出的Poteco，做成指環狀的小餅乾，可以套在小孩子的手指上吃。

「妳不要吃嗎？」

他刻意噘起嘴巴，因此我便使勁奪走馬鈴薯圈。

「我要！」

我從袋子鋸齒狀的邊緣往下撕開，把環狀的小餅乾插在手指上吃，就嘗到幸福的滋味。隨著「咔哩」的聲音，鹽味在口中擴散，甚至讓我覺得活著真是太棒了。

根據傳言，熊似乎是出現在國道沿線的草莓園。喜歡吃草莓的熊，簡直就像三麗鷗的角色。我不禁感到好笑，接著又反省：這樣不就和認定女生背紅書包、男生背黑書包的大人一樣。應該也會有熊喜歡吃加了很多鮮奶油的草莓百匯，或是討厭活蹦亂跳的新鮮鮭魚。順帶一提，我的書包是漆黑色的。不是黑色，是漆黑色。那智的是咖啡色。我很羨慕他有那麼特別的書包，所以就用很粗的麥克筆，把整個黑色書包塗得更黑。

「隔壁的叔叔說，草莓園的阿姨丟蜂蜜把熊趕走。」

那智告訴我新的情報，我才想起重要的事：熊喜歡甜的東西。喜歡蜂蜜勝過草莓，喜歡蜂蜜勝過百匯冰淇淋。這樣對身體也比較好。

我喃喃地說：「原來小熊維尼不是騙人的。」

那智點了兩次頭。

傢伙。

「話說回來，小雨，妳為什麼想要看熊？」

話說回來，這種字眼，在我們班上只有那智會使用。不愧是背咖啡色書包的

「熊感覺很奇妙吧？」

「哪裡奇妙？」

「大家都喊著熊好可怕好危險會殺人，可是熊卻出現在各種卡通，還被做成布偶，超受歡迎的。為什麼？」

我用問題回應問題，但是那智並沒有感到不耐或麻煩。

「說得也是。」

他邊點頭邊體貼地把石頭踢開。

「對吧？所以我得去確認，熊到底是可怕還是可愛。」

我踩了那智的石頭。

這種動物究竟是可怕或可愛、有趣或無聊？如果圖鑑上有一目了然的符號就好了。不過其實我也知道，動物不能這樣分類。人類當然也一樣。這世上充斥著我不了解的事情，所以我想要多去看、去聽、去想，稍微減少一些不可思議的謎。世界上絕大部分的事情都沒有寫在課本或辭典上，所以我不能坐在桌子前面。

可是大人——一般的大人——卻要我們學習課本上寫的東西。難得附近出現

態，卻要我們關在家裡；對於每天關在家裡的篠田，卻要他去外面玩、去上學。大人真是莫名其妙。不對，「大人」這樣的分類也不對。不是大人，而是人類莫名其妙。

像這種疑問當中的疑問當中的疑問，就連那智我也不會去問，只是在內心偷偷地想。

如果說這個答案可以透過一千片的拼圖來知道，其中一片、卻是角落非常重要的部分，應該就在帶來啡啡啡日常的熊那裡。我有這種感覺。

「妳往哪裡走？」

那智踩著我的影子問。我喜歡問問題，也很喜歡被問問題，更喜歡像這樣被踩影子。

「先去國道吧！」

我一手拿著馬鈴薯圈，穿過田地旁邊，進入雞蛋路。

雞蛋路是一條林間道路，也是前往國道的近路。這條路被樹木環繞，即使在晴天也暗暗的，到了四月還看得到殘雪，下雨之後水坑遲遲不會消失。

這裡既沒有出現在童話故事中的綠色隧道，也沒有魔女的祕密小屋。不過我還是很喜歡這裡。因為這裡會教我許多圖鑑上沒有記載的事——這是我告訴那智的帥氣理由，不過並不是真話。

真正的理由，是因為這裡總是殘留著雨水的氣味。不過這個理由可能會被以為是在憐愛自己的名字，所以即使撕裂嘴巴我也不想說出來。

雞蛋路是只有我們兩人使用的稱呼。那智一開始稱呼這裡為樹林路，然後我開始稱這裡為牛肉燴飯（註3），接著那智稱這裡為燴飯路，然後變成蛋包飯，接著又變成雞蛋路，今後應該也會繼續變化下去吧。

我的名字有一天或許也會變化。像岡島這麼普通的名字，就算變了我也不在乎。要變成什麼呢？最好是更酷、更有冒險風格的名字，像是颱風雨子、暴風雨子……這樣太遜就名字了。那麼像破天荒雨子、世界奇觀雨子……有點酷。變成外國人怎麼樣？雨子・波特、雨子・衛斯理……就是這個！等我變成大人，一定要去找一位衛斯理先生。他一定是英國人，而且住在倫敦。那裡是多雨的城市，感覺很適合我。

路中間有滿月般的水坑，不過我今天穿的是心愛的彩虹色運動鞋，所以不會做出跳進去的蠢事。探頭看，水面上映著許多樹木。被泥巴水染成褐色的世界，感覺就像侏羅紀一樣，其中出現褐色的那智的臉。

註3　牛肉燴飯：日式牛肉燴飯稱作「ハヤシライス（HAYASHIRAISU）」，前三個音節與樹林路（林通り〔HAYASHIDORI〕）相同。

那智雨子。感覺好像有點順口。

我把手舉向天空，戴在手指上的馬鈴薯圈看起來像戒指。

我的臉頰發燙，也許變紅了。我不想被發現，便開始奔跑。

為了不讓那智踩到我的影子——其實我希望他踩到，可是卻為了不讓他踩到而奔跑。我連我自己都不了解。

來到國道，四周靜悄悄的。

路上沒有車，寂靜到可以聽見風聲。在這當中，就好像一滴水滴掉下來般，我聽見那智的聲音——

「啊。」

道路中央有一團黑色的東西。

那是熊。可是感覺和我想像的差很多。

那是一隻小熊，努力地想要將鼻子伸進小小的瓶子裡。瓶子綻放夕陽般的光芒，不是因為受到夕陽照射，而是因為蜂蜜。由於瓶子太小，小熊連鼻子都伸不進去。

好可愛，我總算了解熊可以在世界各地成為各種角色的理由。

「危險。」

那智抓住我的手。

「小熊好可愛。」

我掙脫那智的手走過去。

「妳在幹什麼！不要靠近！」

粗啞的聲音傳來，小熊迅速抬起頭。眼前有許多大人。他們都穿著綠寶石色的連身褲，該不會自以為是某某戰隊吧？不對，那樣的話應該會穿色彩繽紛的服裝，所以或許是反派。而且最前方的人還拿著獵槍。

「小雨，快回來！」

那智從我身後發出不像那智的聲音。

「為什麼？」

我接近小熊。

這麼可愛，為什麼會危險？牠只是想要吃蜂蜜而已。

遠處的大人不知道在說什麼。聲音越來越大，所以他們也許正在跑過來。但是我全神貫注，逐漸聽不見聲音，也看不見那智，只看見可愛的小熊。牠現在已經放棄把嘴巴伸進瓶子裡，正在嘗試把手伸進去，可是就連手都塞不進瓶子裡。粗粗的爪尖差一點就可以碰到蜂蜜，卻沒有碰到。真可愛。我來幫你把蜂蜜倒出來吧。

「來，給我。」

我開口，小熊便再度抬起頭。黑色毛茸茸的臉上，一雙圓滾滾亮晶晶的眼睛默默地盯著我。

「我叫雨子。你的名字是什麼？」

我試著說話，但是小熊已經沒有在看我。

我聽見怒吼聲。大人在咆哮。他們的聲音比先前更可怕。那智睜大眼睛，露出我沒有看過的表情。為什麼？我回頭，看到眼前有一道黑牆。比我那個把黑色塗成漆黑色的書包還要更黑。

是熊。

我心想，這是真正的熊。

大概是小熊的媽媽或爸爸。這隻成年的熊巨大而具有震撼力，讓一旁的小熊看起來就像布偶一樣。我已經沒有心情去想牠是可愛或可怕。我明明心想應該要逃跑，但是身體卻無法動彈。我不知何時一屁股跌坐在地上，就像被壓在石臼的麻糬一樣，身體不聽我的使喚。

砰！

沒聽過的聲音貫穿我的身體。和電影或卡通裡的聲音完全不同。與其說是聲音，不如說是衝擊。我產生「嗡～」的耳鳴，聽不見別的聲音。

砰！砰！

我感到毛骨悚然，雙腳無法施力，站不起來。不，站不起來或許是正確的。大人一定知道我無法動彈而開槍。

咚！

有東西倒下的聲音。我感受到地在震動，縮成一團。我的身體終於容許縮小這個動作。好可怕。好可怕。我會死。好可怕。那智說得沒錯，我不應該接近的。老師說得沒錯，我不應該來的。

我戰戰兢兢地睜開眼睛，看到原本像牆壁的熊的身體橫躺在旁邊。從胸口的洞不斷湧出黏呼呼的鮮血，強烈的氣味使我的鼻孔內部緊縮。牠似乎還有呼吸，不斷發出「呼、呼、哈、哈」的可怕聲音。腳步聲傳來。大人抓住了我。

我的身體從地面被剝除，視野大幅傾斜，角落有個東西在閃爍。琥珀色的東西滾落在地面。是蜂蜜。

小熊呢？

我抬起頭，看到圓滾滾的影子。小熊慢吞吞地把臉湊近大熊的臉。

「不要緊嗎？怎麼了？媽媽，不要緊嗎？」

我聽見聲音。牠在說話，但沒有回應。可怕的喘息聲逐漸靜止。小熊開始舔失去力量的那張臉。

我從大人的懷抱溜出去，似乎在喊什麼，但是聽不見。我跳進像坑洞般的血泊中，運動鞋的彩虹色染成鮮紅。

「媽媽，媽媽。」

小熊一再呼喚，但得不到回應。

「怎麼了，媽媽，媽媽。」

小熊在呼喚。牠憐惜地繼續舔著媽媽。

滴答。滴答。

大顆的淚珠像雨點般，從圓滾滾的眼睛掉下來。

我被載到醫院接受診察，然後被帶進小小的房間。

護士轉開蓮蓬頭。當溫暖的蒸汽冒出來，她便要我脫下衣服，用浸泡過熱水的柔軟毛巾擦拭我的身體。她的動作很溫柔，但是我的身體卻仍舊硬邦邦的。純白色的毛巾很快就變成咖啡色，感覺很悲哀。護士按下寫著「消毒」的壓嘴，彷彿是在說我的身體沾滿了毒。

那孩子怎麼了？你也像這樣，被溫暖的熱水、純白的毛巾和溫柔的手擦拭身體、消毒嗎？不對，你應該不會覺得那是毒。因為那是你媽媽的鮮血。你應該不希望被洗掉吧？

我坐在空床上。被換上的睡衣是彷彿稀釋過的水藍色，朦朧的色彩正符合我此刻的腦袋。窗戶打開一點點，窗簾隨風搖曳。平常應該會感到舒適的風，現在卻讓我覺得很煩，吹在溼溼的頭髮上感覺也很冷。

那隻小熊在哭。

像下雨般哭泣。

圓滾滾的眼睛帶有光澤感，看起來更圓——不對，不是光澤感這麼漂亮的感覺，而是更……我不知道該怎麼形容。我的腦袋沒辦法像平常一樣運作。不是光澤感，不是亮晶晶，更不是一閃一閃；總之，那隻小熊很悲傷地在哭泣。

「幸虧妳沒事。」

媽媽走進來，用力抱緊我。她的身體很熱。相較於言語，體溫和手臂的力氣更能傳遞她的心情。

回到家，媽媽什麼話都沒說，替我做了漢堡排。我明明打破禁止出門的禁令，還騙她說要去眼科，可是卻沒有被罵。

打開電視，主播正在報新聞。熊媽媽的照片出現在螢幕上，我立刻把視線移開，但是卻無法躲過聲音。

「住在該鎮的九歲女童險些遭到攻擊，所幸當地獵槍會成員即時開槍射殺棕熊，使女童安全獲救。」

射殺。美女姊姊漂亮的臉孔這麼說。獵槍會。開槍。射殺。安全。獲救。殺。我想要換臺，但是手卻沒辦法動。畫面回到攝影棚，主持節目的叔叔笑著說「真是太好了」。我想要撕下耳朵。正當我這麼想，電視頻道轉為音樂節目。拿著遙控器的媽媽在我眼中就像救世主一樣。

餐桌上的漢堡排仍舊發出「嘶～嘶～」的聲音。這都要歸功於去年聖誕節的時候聖誕老人送的黑色鐵盤。直到最近，每當我嚼著熱騰騰的肉，就會在心裡對聖誕老人說謝謝，可是現在我卻沒有這樣的心情。當我猶豫該不該用筷子戳肉，媽媽便說：

「妳在做什麼？會冷掉喔。」

我無可奈何地用筷子滑過肉的表面，緩緩插下去。果然就如我想像的，從裡面流出來的起司看起來就像熊媽媽的血，讓我想吐。我的媽媽正在看電視，所以沒有發覺。我聽到「閉上雙眼」這首歌，因此閉上眼睛，嘔吐感稍微平息一些。謝謝你。電視上的平井堅看起來就像英雄一樣。

門用力被推開，爸爸回來了。

「真是一場災難。」

他沒有洗手就來摸我的頭。我打開爸爸帶回來的盒子，裡面是法式巧克力蛋糕。這種蛋糕比一般的巧克力蛋糕更苦，加了一點點酒。我在一年級的時候說我喜歡這種蛋糕，讓店員感到很驚訝。

為什麼？

我撒謊去看熊，無視大人阻止接近熊，害那孩子的媽媽被殺死。大家為什麼這麼溫柔？為什麼要對我溫柔？

爸爸顯得很拘束地彎下一百八十公分的身體，將視線降到和我一樣的高度。媽媽關上電視，因此平井堅的歌唱到一半就中斷了。

「拜託妳，別再做出讓爸爸媽媽擔心的事了。」

爸爸的聲音迴盪在變得安靜的室內。我點了頭，沒有問為什麼。他們兩人不知道，爸爸媽媽越是對我溫柔，我越是感到胸口快要破裂。

當我要出門的時候，才發現彩虹色的運動鞋不見了。

「我請醫院丟掉了。我會再買新鞋給你。」

媽媽這麼說，我只好穿藍色鞋子出門。

我連最喜歡的鞋子都殺死了。

我想起染成鮮紅的彩虹色，就覺得紅綠燈、石頭、書包、黃色的旗幟好像都變得血淋淋的。學校的校舍看起來就像怪物，張大嘴吞下來上學的所有人，讓我感到脖子後面涼涼的。進入教室，我受到英雄般的對待，心想大家如果真的都被吞下去就好了。

情況怎麼樣？妳當時害怕嗎？是不是很酷？是不是很大？妳沒辦法對抗嗎？有沒有被採訪？如果能上電視就好了。

因為大家太吵，所以我嘗試有沒有辦法閉上耳朵。正當我集中精神時，尾沼突然自顧自地開始發脾氣：

「明明就規定禁止外出吧？」

老師進入教室，尾沼和他的跟班更加鼓譟。

「老師為什麼不罵岡島？她破壞校規耶！」

老師的頭髮輕輕搖曳，面帶微笑安撫他們：

「岡島同學受到很大的驚嚇，身心都很疲憊，大家不要吵她。」

我覺得好像聞到潤絲精的氣味，於是便走出教室。同學和老師都是最差勁最惡劣的笨蛋——平常的我應該會像這樣發脾氣，但是今天卻不行。因為我更笨。笨蛋寫成馬和鹿（註4），不過我卻連覺得「這樣對馬和鹿太沒禮貌了」的心思都沒有。我不是馬或鹿。我比被自己的牙齒刺穿上顎的山豬還要笨。

我來到保健室，門把上掛著牌子。當我看到「在教職員室」的文字，便鬆了

註4　馬和鹿：日文的笨蛋寫成漢字為「馬鹿」。

一口氣。門沒有上鎖。我脫下室內鞋，鑽進吸飽朝陽能量的白色棉被裡。窗簾在搖曳，讓我感覺好像時間倒轉，回到昨天的醫院。

我聽見敲門聲，接著門緩緩地打開了。從無聲無息的動作，我猜到是那智。這時我首度想起，那智當時也在現場。在那之後我有見到那智嗎？我想不起來了。明明是昨天的事，卻好像很久以前的回憶般模糊不清。

「妳不要緊嗎？」

那智擺出平常的表情。我看得出來，他很努力要隱藏內心的擔憂。

「嗯。」

我很乾脆地回答。那智的表情還是沒變。他沒有坐在床邊的椅子，而是走到窗前，大概是因為我迴避他的視線。

「小雨，幸好妳沒事。」

他的聲音很細微。雖然溫和而體貼，但是對於現在的我，卻有如針刺一般。陽光讓我感到疼痛，不斷搖晃的窗簾也很礙眼。六月的風明明是一年當中最舒服的，可是我卻沒有絲毫喜悅。

「那隻小熊聽說平安無事地獲得安置了。」

平安無事。

人所說的話，具有言語以外的含意。

這是砂村以前告訴我的。

那智在說的是，小熊的媽媽沒有獲得安置，也並非平安無事。

「我早就知道了。」

我把插在心中的刺像吹箭般射向那智。我知道自己很任性，但還是使勁地射過去。那智什麼話都沒有說，只是看著我的背影。我覺得他在看我。

我的視野變得朦朧，就好像雨天從公車上看出去的景色，也像在游泳池旁邊洗完眼睛的時候，或者像戴上那智的眼鏡，世界變得模糊一片。

「為什麼大家要對我這麼體貼？」我詢問一直梗在心中的問題。

「因為大家都很關心妳呀。」那智的聲音已經不再隱藏憂慮。

「可是我好難過。」

那智說的話明明和爸爸媽媽說的話不一樣——平常即使他說了一樣的話，聽起來明明也會不一樣——可是現在卻變得一樣。體貼讓我感到痛苦。那智的體貼比其他任何人都更讓我感到痛苦。

我覺得身體好像被緊緊掐住般，聲音變得沙啞，眼睛也熱熱的。

「我……」

隨著撲簌簌掉下來的眼淚，我雖然不想說，但卻說出了不想說的話。

「我殺死了那孩子的媽媽。」

那智沒有回應。

他沒有說「沒那回事」，或是「即使小雨不在也會被開槍」。如果他說那些話，我一定會哭得更厲害，甚至可能大吼並跑出去。可是那智什麼都沒有說。這一定也是他的體貼。到頭來，我無論如何都得接受那智的體貼。

那智輕輕地來到我面前，從口袋掏出日式饅頭。那是應該要給那智媽媽的饅頭。那智細心地用右手剝開包裝紙，把饅頭分成兩半。那智跟我相反，因為是右撇子，所以右手的那一半比較大。他猶豫了一下，把右邊的饅頭遞給我。

我沒有接受。

從那天起，我就不再和那智玩。

我以為那智總是跟著我，但那是我可恥的幻想。每次邀他一起玩的都是我。當那智問我「今天要去哪裡」，我回答之後，他總是默默地跟著我來。

那智似乎和以前沒什麼兩樣地來上學，上課時偶爾會舉手發言，負責分發午餐的時候，會把果凍切得很漂亮分給大家。他並沒有假裝沒看到我。早上他會跟我說早安，我的橡皮擦掉了，他也會幫我撿起來；可是我現在才發現，不管是上學或放學，過去總是我主動邀他，所以如果我不找他，上下學就變得很孤單。那智沒有變化，以平常的表情放學回家，彷彿我只是單方面地單戀他。雖然不是事實，但是卻讓我覺得很丟臉。不過想到那孩子，這種事感覺就沒什麼了。老師散發的潤絲精氣味、坐在旁邊的渡邊咬得凹凸不平的鉛筆、彷彿會讓地球上所有植物枯萎的粉筆觸感……等等過去感受到的一切不滿，感覺全都變成無關緊要的瑣事。

我不知道今後該怎麼辦，也因為不知道而害怕。我只能跟往常一樣上學，沒有像篠田那樣拒絕上學；我不會接二連三問媽媽問題，讓她感到困擾；對於爸爸，我也用比以前更燦爛的笑容面對。我會裝出自己把他當成親生爸爸的樣子，和爸媽三人一起去買東西。我會像小孩子一樣，在電扶梯上奔跑，就像隨處可見的小學三年級。

雖然過著這樣的生活，但是在床上我還是會想哭。那孩子哭泣般的臉孔在我腦中縈繞不去。那孩子現在在做什麼？變得怎麼樣了？被放回山上了嗎？

我沒辦法問任何人關鍵的問題，因此便在下課後前往電腦室。我詢問電腦社的六年級使用方法，對方就替我打開一個叫 Google 的網頁。

我用食指按下一顆顆鍵盤，慎重地避免出錯。

「倶知安熊」

打完之後我的手停下來。我鼓起勇氣，顫抖著輸入不願去想的詞。

「俱知安熊射殺」

我輕輕敲下輸入鍵，就出現多到驚人的網頁。我一一閱讀，但每一個網頁上都只有同樣的訊息。上面寫的都是棕熊被射殺、女童獲救。我一邊想像那個女童不是我、而是住在遙遠世界的陌生小孩，一邊繼續按下滑鼠的左鍵。我待到廣播通知放學時間到了，但是沒有找到任何一個網頁可以給我想要知道的訊息。

如果去問看起來很閒的警察、在斑馬線揮旗子的叔叔、兒童育樂中心的胖阿姨，或是其他人，不知道會不會告訴我。不，大概不可能。電視上的偉大學者說，網路是世界上最博學的；所以如果網路上找不到，大概就沒有人知道了。

回到家，媽媽不在，桌上留著「我去唱歌」的字條。今天是每週一次合唱社團的日子。晚餐的準備已經完成了，冰箱裡放著細切青椒。正當我想到今天晚餐大概是青椒肉絲，在青椒清爽的綠色當中，浮現某張很重要的臉孔。

我拿出收藏在桌子最下層抽屜最裡面的空白筆記本。本子上用簽字筆寫著砂村的地址。這是用奇異筆粗的一頭清晰寫下的。接著我從媽媽的抽屜拿出明信片，用奇異筆細的一頭寫下心願。我也沒有忘記使用較難的漢字。

砂村：

好久不見。你最近過得好嗎？我有一件事一定要問你。

我不久前接近小熊的時候，被熊媽媽攻擊，結果熊媽媽被殺了。我非常傷心，想要知道小熊怎麼樣了，

可是不論怎麼調查、怎麼想，都得不到答案。

所以我想要請你告訴我該怎麼辦。請你一定要幫我。

我會等待回信。每天我都會自己去開信箱。

雨子

我在寫信的時候，感覺眼淚快要掉下來，但咬緊牙關忍住了。

砂村從以前就告訴我，要盡量自己思考、自己調查。這次他是不是也會這麼說？可是我查過了還是不知道，所以應該沒關係。這是連世界上最博學多聞的網路都不知道的問題。

從第二天開始，我每天打開四次信箱，即使裡面是空的也會探頭進去看，搜尋每一個角落。我祈禱回信快點寄達。

我不知道媽媽看到砂村的信會生氣還是傷心，不過我知道絕對不會有好事，所以不只是早上、中午、晚上，在媽媽洗澡的時候我也會打開信箱檢查，假日還會再多檢查兩次。

到了星期一，當我跑步從學校回到家，看到明信片和洗衣店的粉紅色傳單一

起放在信箱裡。收件人寫著岡島雨子小姐，寄件人則寫著砂村賢朗。我心跳加速，翻到背面，上面是空白的。

我背著書包就直接倒在床上。

砂村表達的是：妳要自己思考。

我該怎麼做？我發呆了好一會，接著感到坐立不安，便握住明信片跑出家門。我只顧著奔跑，不知道該去哪裡，也不知道誰能夠告訴我，便姑且往羊蹄山的方向奔跑。

倶知安的居民有事沒事就會仰望羊蹄山。寫生比賽首先畫的就是羊蹄山，校歌也從羊蹄山開始，鎮上的吉祥物馬鈴薯太郎戴的三角帽也是來自羊蹄山的形象；可是我跑向羊蹄山不是因為這樣的理由，而是有更直接的原因：因為那孩子就是從羊蹄山來的。

想到那孩子，我即使跑到側腹部感到疼痛，仍舊覺得不能停止奔跑。我的呼吸宛若蒸汽火車頭冒出的煙，從肺的底部氣喘吁吁地吐出來。如果遇到紅燈還能停下來，可是偏偏在這種時候卻總是遇到綠燈。我跑過彷彿永無盡頭的馬鈴薯田旁邊，看到尻別川小小的堤防。我從沒有階梯的地方跑上去，然後滾下坡。草刺痛著我。側腹部痛到連聲音都叫不出來。我為了安撫幾乎要爆破的心臟，便凝視起天空。

天氣這麼熱，羊蹄山卻仍舊戴著白雪的帽子。當我眺望著堅持不肯融化的雪，突然有成群的鴿子飛來，擋住我的視線。

鴿群拍打著翅膀，聚集到草地上。這些鴿子幾乎都是灰色，不過其中也有幾隻是黑色或咖啡色。在這群鴿子的中央，有一個非常搶眼的粉紅色背影，蓬亂的捲髮融入鴿群當中。這個人舉起手，像變魔術般丟出麵包屑，吸引鴿子一窩蜂地追逐。

是鳩子小姐（註5）。

雖然不知道她的真實姓名，不過我都偷偷這樣稱呼她。不知道為什麼，大家都嘲弄地稱她為鴿婆婆。招牌上寫著請勿餵食鴿子，老師也說過同樣的話。我問老師「為什麼不能餵鴿子」，得到的答案是，因為鴿糞會撒得到處都是。我問，那要怎麼辦？鴿子沒東西吃，死掉了也沒關係嗎？結果老師說，那也是沒辦法的。

我無法理解。宣稱鴿子死掉也沒關係的老師受到大家尊敬，給餓肚子的鴿子吃麵包的鳩子小姐卻被人討厭，這世界真的是莫名其妙。

「妳為什麼要餵麵包？」

我不自覺地就對她說話。

註5　鳩子小姐：日文的鴿子稱作「鳩（はと）」。

鳩子小姐停住手，沒有回頭，問我：

「妳覺得是為什麼？」

她是要我自己想嗎？聽到和砂村一樣的回答，我感到有些高興。

「因為鴿子肚子很餓。」

「答對一半。」

「另一半是什麼？」

我站在鳩子小姐旁邊盯著她的臉，但她仍舊沒有看我。

「因為我也很餓。」

鳩子小姐雖然這麼說，但是並沒有吃麵包。直到袋子清空，她都一直在撒麵包屑。

「什麼意思？」

我忍不住問她，但是她卻不轉向我，只是注視著專心吃麵包屑的鴿群。

「妳說呢？」

她沒有告訴我答案，也沒有叫我自己思考。她的口氣飄忽不定，好像是要我一起想。這樣的口氣讓我覺得很舒服，因此便在她旁邊坐下。

「妳不討厭我嗎？」

「不討厭。」

我毫不猶豫地回答，鳩子小姐終於首度瞥了我一眼。

「為什麼？」

「因為妳會餵鴿子麵包。」

「大家都討厭我吧？」

「為什麼要討厭鳩子小姐？我實在無法理解。」

「鳩子小姐？」

她反問我，我才發覺到自己當面稱呼她鳩子小姐。

怎麼辦？鳩子小姐一臉詫異地看著我。

我老實回答：「因為喜歡鴿子，所以叫鳩子小姐。是我自己亂取的名字。」

我本來想要加上「對不起」，但是沒有說出口。因為我聽到「哇哈哈哈」的大笑聲。

「這個名字太棒了。」

「對吧？比鴿婆婆好多了！」

我不禁脫口而出，說完才想到糟了，她或許對於被稱作鴿婆婆感到傷心。不過鳩子小姐似乎一點都不在意這種事，反過來詢問我的名字。

我回答「雨子」，鳩子小姐便露出泛黃的牙齒說：「這是僅次於鳩子的好名字。」

麵包屑已經餵完了，鴿子卻沒有飛走，發出「咕咕咕」的叫聲，頭部一直上下擺動。鳩子小姐把袋子揉成一團塞進口袋，鴿子還是「咕咕咕」地叫。雖然不知道是在說「還要」或是「謝謝」，但是鴿子一直在說話，也一直在動。

「已經沒了，明天再過來吧。」

鳩子小姐這麼說，我才知道鴿子果然還想要更多。鴿子不會那麼有禮貌地動不動就說謝謝。這一點讓我感到安心。

「好好喔，妳都能聽懂鴿子說的話。」

「這只是主觀想像，覺得自己聽見鴿子這麼說。」

「可是能聽見就很棒了。我都聽不見，只聽到咕咕咕。」

「聽不見也是主觀想像。」

不要緊嗎？

這時我腦中聽見聲音。是那孩子的聲音。

不要緊嗎？怎麼了？媽媽，不要緊嗎？

那孩子的確這麼說。我確實聽見了那孩子的聲音。

我既不高興，當然也不覺得驕傲。那沙啞細微的聲音緊緊掐住我的心臟。我感到無能為力。

「這世上的一切都是主觀想像。」

鳩子小姐低聲這麼說，不知道是否也是主觀想像。不過可以確定的是，這句話讓我心裡輕鬆了些。

「我殺死了小熊的媽媽。」

我說出不願回想的事。光是想到就感到痛苦，說出來更覺得悲傷，因此我之前才決定不要再對任何人談起這件事。

鳩子小姐沒有說話。

過了好一會，她看了我。這是她第一次看我的眼睛而不是只看臉，因此她雖然沒有問，我還是自顧自地開始說出來。包括我不遵守規定去看熊的理由、砂村叫我自己去調查、我覺得小熊很可愛、槍聲很可怕、第二天那智想分給我的饅頭是右手那一半比較大。就連砂村是我親生父親這件事，我也說出來了。鳩子小姐什麼話都沒有說，我卻自己一個人一直說下去。鳩子小姐靜靜凝視河川的眼睛，感覺好像在叫我「說說看吧」。

不知不覺中，天色已經變黑，鴿子也飛走了。或許是因為我一直獨占著鳩子小姐。

「對不起。」

我向她道歉，她便低聲說：

「雨子覺得自己殺死了熊，也只是主觀想像而已。」

「不是。不是主觀想像。」

我掉下眼淚。

「是嗎？反正不管是不是都一樣。」

我不了解這句話的意思，眼淚很快就停下來。多虧她沒有溫柔對待我，使我原本變熱的眼睛從內側開始冷卻。

「妳打算怎麼辦？」

「我想要向那孩子道歉，可是我不知道他去哪裡了，也不知道要怎麼做才能見到他，更不知道該做什麼。」

我向她訴苦，她便用彷彿一開始就知道答案的口吻說：

「妳可以去獵友會。」

「ㄌㄧㄝˋ ㄧㄡˇ ㄏㄨㄟˋ？」

「獵友會，就是獵人之友會。」

我聽錯新聞播報的名詞了。我當時覺得獵槍會這個名稱很可怕，但是獵友會（註6）更可怕。不過我不能只是害怕。

「謝謝妳。我可以再來嗎？」

註6　獵槍會：獵友會的日文念成「りょうゆうかい」，獵槍會念成「りょうじゅうかい」，兩者讀音相近。

我這樣問，但是鳩子小姐沒有給我任何回答。
四周已經變暗，看不清楚她的臉孔，不過我覺得她的表情好像很溫柔。
在我的主觀想像中，她對我說「隨時都可以來」。

次日，我把午餐的麵包偷偷塞進書包裡，「明天見」的「見」才說出口就已經衝出教室。我在午休時間用 Google 查了地點。我越過國道，穿過大池公園，進入林道。道路盡頭有一座很大的木材工廠。在堆起大量粗壯圓木的後方，就是我要尋找的屋子。外面停放了銀色卡車與好幾個生鏽的圓桶，看起來很可疑。大塊的木頭牌子上，用很粗的字體寫了「倶知安獵友會」。倶知安寫成平假名看起來很可愛（註7），讓我覺得好狡猾。我邊想邊在掌心寫了三次「人」，然後吞下去（註8）。由於沒有門鈴，我敲了門，門便「喀喳」一聲打開，一名留鬍子的大叔探出頭。

「幹什麼？」

「那、那個，熊……」

我在數學課的時間仔細想過要說什麼，但是看到大叔的臉，就說不出任何話

註7　倶知安的平假名寫法為くっちゃん。加在名字後面的「ちゃん」常用來表示親暱，「くっちゃん」聽起來就像是在親暱地稱呼以「く」為開頭的名字。
註8　寫三次「人」吞下去：日本迷信：用手指在掌心寫三次「人」並假裝吞下去，就可以消除緊張。

了。

「熊？」

「呃，那個，熊……」

我說了同樣的臺詞，沒辦法繼續說下去。我再次在掌心寫了「人」字，大叔突然開口：

「啊，小妹妹，妳是上次那個！是我們救的孩子吧！」

周圍長滿鬍子的嘴巴裡面，有金色的東西在閃。

裡面是普通的住家。廚房旁邊是很大的和室，不知道為什麼瀰漫著和露營時一樣的氣味。小小的電視機前擺著不符季節的暖桌，桌子周圍坐著像塔摩利（註9）般戴著墨鏡的大叔、長長的眉毛垂下來的老爺爺，還有我。暖桌當然沒有插電，不過裡面因為兩個人的體溫而變得悶熱。察覺到我身分的金牙大叔坐在旁邊的椅子。

他們問我「從哪裡來」、「幾歲」之類的問題，但是我腦中卻一直縈繞著：他們說是他們救了我。原來是這樣，我是被人家救回來的。

簡單的自我介紹結束後，三人紛紛開始說「是我救的」、「是我的子彈打中

註9　塔摩利：日本搞笑藝人、節目主持人。總是戴著墨鏡。

的」、「是我的獵槍開火的」等等。我想起鳩子小姐的話，勉強忍下來。我在內心像念咒般默念：這一切都是你們的主觀想像。

「請問，你們知不知道當時那隻小熊去哪裡了？」

雖然花了很多時間，但是我總算問了想問的問題。

「那隻小熊應該是去了某家動物園吧？」

金牙說出令人意外的話。我不禁大聲問：

「真的？是哪裡的哪一家動物園？」

「這個嘛……喂，塔摩，你知道嗎？」

那個人果然被稱為塔摩利，不過我沒心思為這種事高興。我湊向前詢問：

「在、在哪裡？」

「就是那裡……那個叫什麼……就是伊達政宗（註10）那裡。」

「伊達政宗，那應該是仙台吧。」

老爺爺開口。原來他腦筋滿好的，茂密的眉毛看起來就像學者。

「仙台？那是哪裡？」

暖桌裡面變得很熱。我的腳撞到塔摩利，但是我並不在意。

註10　伊達政宗：一五六七～一六三六，日本戰國武將，仙台藩首代藩主。

「仙台在內地（註11）。雖然是在東北地方，不過比這裡更南邊。」內地。東北地方。更南邊。仙台。伊達政宗。雖然不太清楚，但是應該很遠吧。去內地必須渡過津輕海峽。要前往比那裡更南邊的地方，對於只去過札幌的我來說，簡直就像是要前往銀河系的另一邊。我正想著該怎麼去，金牙就站起來，打開放在角落的貼皮盒子。他拿出的是一把獵槍。

「看。很酷吧？就是這傢伙救了小妹妹。」

他咧嘴得意地笑，露出金牙。我感到頭昏。他說很酷的這支槍，殺死了那孩子的媽媽。不，不是槍，是這個金牙殺的。還有在他旁邊的塔摩利，以及腦筋很好的眉毛。我不知道有什麼好高興的，可是他們看起來都很愉快。不過我沒辦法說什麼。我知道其實是我殺死了那孩子的媽媽，所以沒辦法奪走這支獵槍、射殺這三個人。

「請問，那、那隻熊媽媽的墳墓在、在哪裡？」

我想要盡快問完想問的問題，然後趕快離開這裡。

「墳墓？」

金牙放下獵槍，和塔摩利與眉毛對看一眼，接著三人突然笑出來。

註11 內地：日本北海道、沖繩等地居民對本州，有時亦包含四國、九州的稱呼。

「墳墓在這裡。」

塔摩利指著自己的肚子。我無法理解他在說什麼。

「對了，小妹妹，妳要不要也吃吃看？」

眉毛站起來，走向廚房。

「咦？」

我細微的聲音被打開櫥櫃的聲音掩蓋。眉毛拿出大型保鮮盒打開，我聞到一股像是在露營時那種煙燻的氣味。

「妳有沒有吃過熊肉乾？很好吃喔。」

眉毛把保鮮盒放在暖桌上。我盯著那黑色的塊狀物，身體無法動彈。

「我剛好肚子也有點餓了。」

金牙摸著肚子來到暖桌，抓起塊狀物喜孜孜地咬下去。我感覺好像聽到把肉咬爛的聲音，覺得很想吐。塔摩利也咬下去。眉毛把肉遞給我。我無法忍耐，搖搖晃晃地從暖桌抽身，跨過金牙的獵槍，避免去看廚房並跑出房間。我忘了關上大門，只顧著奔跑，連忘記關門的事都沒有發覺。我奔跑的速度大概是來到這裡時的兩倍。我轉眼間就穿越大池公園，簡直就像是直接衝過池面。

我太天真了。我原本幻想著，母熊像那樣被殺害之後，大家至少會希望能夠送她上天堂，於是就在羊蹄山好好找個地方挖洞埋起來。因為身體很大，所以要找很多大人分工來挖；埋起來之後，再用木棒做十字架並合掌追悼，然後當天晚上大家也許會聚在一起喝酒之類的。可是那孩子的媽媽不僅沒上天堂，還被送進那些人的肚子裡。

這裡是哪裡？我不知道，不過我還是吐了。我把手貼在地面上嘔吐。午餐吃的東西都吐出來，濺到手指上。當胃變空之後，我就直接倒在地上，臉頰被雜草刺痛。我隱約聽見水聲。當我發覺自己在河岸時，就聽到「啪、啪」的聲音。這是昨天聽到的聲音。是翅膀拍打的聲音。鴿群聚集到我身邊。大家也許會抬起我的身體，飛越天空，把我帶到遙遠的某個地方。

眾多鴿子圍繞著我，但是我的身體一直沒有飄浮起來。

鴿子在吃我吐出來的午餐。

「怪不得。我就覺得今天好像沒有平常那麼狼吞虎嚥。」

我把事情的經過全部告訴鳩子小姐，她又笑了。

「妳是不是把獵友會的男人都看成惡魔了？」

我沒有說那些叔叔感覺很噁心，可是鳩子小姐卻猜中我內心的想法。我默默地點頭，她便用惡作劇的眼神看著我。

「不過那些惡魔救了雨子吧？」

我只能點頭。

「一半一半。」

鳩子小姐邊撕下吐司邊緣邊說。

「沒有惡魔也沒有天使，大家都是一半一半。」

「大家都是？」

「嗯，不過這也是我的想像而已。」

我輕輕點頭，然後從書包拿出麵包遞給她。

「喔，謝啦。」

鳩子小姐發出像大叔般的聲音，然後從口袋掏出橘子。

「拿去吧。」

我看到漂亮的橘色，才發覺自己肚子餓了。

「謝謝。」

我接過橘子，鳩子小姐就拿出橡皮筋，綁起蓬亂的頭髮。

「不是我給妳的。」

「那是誰給我的？」

「我也不知道。」

從她變得清爽的脖子周圍，可以看到後方的天空。鴿群飛走了。我心想，也許是牠們給的禮物，便把橘子分成兩半。左手的一半果然還是比較大。我沒有剝掉白色的絲，整個丟入嘴裡。很甜。剛剛嘔吐的噁心感消散了。

「不過啊，『吃』這回事並沒有那麼壞。『吃』就代表活著。雨子也要吃，才能活下去吧。」

我咀嚼著橘子。我一直咀嚼到橘子越來越小。吞下去的時候，我聽見活著的聲音。

「妳打算怎麼做？」

「怎麼做？」

「妳要去仙台嗎？」

鳩子小姐特地重新問我，但是我卻沒辦法直視她的眼睛。

「我該怎麼辦？要怎麼做才能去那裡？」

我問鳩子小姐，她哼了一聲發出冷笑。她的眼睛和嘴巴都沒有笑。

「如果只有那點程度的心意，還是不要去比較好。」

鳩子小姐把剩下的麵包屑塞到自己嘴裡，蠕動嘴巴，側臉對著我，好像在表示已經沒有話要對我說了。

這天的蛋包飯感覺比平常更鹹。媽媽以為我沒有回家放書包一直玩到傍晚，因此捏番茄醬的力道大概特別強勁。不過旁邊擺了顏色鮮豔的洋香菜，蛋皮上也寫著「雨子♡」。雖然比被畫上頭像好一點，不過我在開動之後，首先把愛心戳爛。

回家之後，我立刻打開地圖找到仙台。那裡怎麼看都不是我一個人能去的地方，因此我感到束手無策。我翻開蛋皮，看到紅色的番茄醬炒飯，裡面加了大塊的雞肉。

吃。活著。吃。

我可以理解鳩子小姐說的話。我會吃雞肉、豬肉和牛肉。我吃的是某人殺死的動物。我和那些叔叔沒有差別。如果那些人是惡魔，那麼我應該也是惡魔。

或許是被發現我流了很多汗，我還沒吃完就聽到林內溫控器的聲音。在輕快的旋律之後，沒人問它就自己說：「浴缸的熱水已經準備好了。」

「吃完飯就去洗澡。」

媽媽的聲音聽起來也像林內的人在說話。

我剛好也想要快點獨處，因此便用湯拌剩餘的飯吞下去，然後把盤子拿到廚房。我把洋香菜挪到爸爸的盤子，然後把盤子放在水槽泡水。我把變髒的襯衫塞進洗衣機，脫下褲子，發現口袋裡有東西。是皺成一團的橘子皮。我把橘子皮湊近鼻子，聞到它還殘留著酸酸的香氣，腦中浮現砂村的臉。

咦？為什麼是砂村？橘子明明是鳩子小姐給我的。

「好像魔法一樣。」

鏡子裡的自己這麼說，我便高喊：

「是橘子！」

我只穿著內褲就跑出盥洗室，躡手躡腳地回到廚房。媽媽還在看著電視吃蛋包飯。我悄悄打開抽屜，把手伸向點火器。不能發出聲音。我雖然心驚膽顫，不過還是趁媽媽發笑的瞬間抽出點火器，一邊感謝電視上的搞笑藝人，一邊安靜地潛入自己房間。

「妳等著看，會浮現出來。」

這是滿久以前的記憶。砂村把用橘子汁畫的透明圖畫接近火焰，白紙就浮現向日葵的圖案。我大為感動，在那之後也寄了好幾次必須用火烤的祕密信給砂村和媽媽。

我把希望寄託在食指，隨著「喀喳」的聲音，火點著了。我慎重地將左手接近火，避免燒起來，並盯著白色的明信片。果然沒錯。

紙面上緩緩浮現褐色文字。這是砂村給我的祕密訊息，用暗號寫的魔法信。我的心跳加速。字跡越來越明顯。

寫在上面的只有一行謎般的英文。

You can do it!!

怎麼可能？怎麼可能做得到？才九歲就要飛上天空？而且是自己一個人？該不會登上金氏世界紀錄吧？我興奮地把安全帶拉到最緊，握緊雙拳閉上眼睛。我聽到巨大的轟隆轟隆聲，飛機開始滑行。明明是在前進，但身體卻被拉向後方。我正覺得好像被透明人壓住般不可思議，聲音忽然變小，體內的器官頓時往下沉。

「哦哦哦！」

窗外的景色傾斜，機場長長的跑道越來越遠。周圍的森林變得好像立體模型，世界看起來像仿製品。我顫抖著握緊砂村的明信片。

妳一定能做到！

我用電腦查了那句英文的意思，心想不愧是砂村。砂村要我自己思考，替我加油，並且對我說妳一定能做到。解開信件之謎的，則是給我橘子的鳩子小姐。我為此感到很高興，心中充滿幹勁。

我查詢仙台的動物園之後，跑到車站問站員要怎麼去。當我聽到必須搭飛機，不禁嚇一大跳；聽到要花六個小時左右，我差點跳起來；聽到要花三萬圓左右，我就腿軟了。不過我一定能做到。我懷著這樣的信心，趁媽媽不在，從五斗櫃拿出郵政儲金的存摺。我首度打開印著「岡島雨子」名字的存摺，驚訝地發現裡面存入了大錢。六萬六千八百二十三圓。我不記得拿了這麼多壓歲錢，所以一定是郵局替我加的。我把存摺和金融卡塞進斜背袋裡，拉緊拉鍊，跑向郵局。

領錢之後，我立刻就成了大富翁。剩下的問題就是媽媽和爸爸。我正想著該編什麼樣的謊言，就聽見美琴在說，這個星期日要和谷千晴、石井梨奈一起去露營。美琴是班上最有錢、最漂亮的千金小姐。聽到她說要坐她爸爸的 Stepwgn 休旅車去洞爺湖，我立刻離開座位，拜託她一定要帶我去。就如我想像的，谷千晴和石井梨奈困惑地看著我，但是美琴並沒有擺出那樣的表情。

「帶妳去有什麼好處嗎？」她用大人的口吻問我。

「我什麼都願意做！」

我發出小孩般的聲音，美琴便露出千金小姐的笑容。

為了去見那隻小熊，我什麼事都願意做。我甚至覺得可以幫谷千晴和石井梨奈背書包回家。

接下來就很簡單了。媽媽給了我兩張五千圓鈔票，以防不時之需，因此斜背袋裡已經有超過七萬圓的大錢。媽媽替我放進背包裡的衣物、毛巾、各種點心等等，也是我獨自旅行需要的東西。我做了很大的晴天娃娃掛在陽臺，爸爸便笑著說，我一定很期待這次旅行。

多虧晴天娃娃，今天是萬里無雲的好天氣。我在車站用公共電話打到美琴家，邊咳嗽邊道歉說，我今天感冒沒辦法去了。接著我向站員道謝，跳上電車。

地板發出喀噠喀噠喀噠的聲音，害我的心臟差點停止。這和電車的搖晃完全不一樣，害我擔心飛機的翅膀是不是出現裂痕了。我戰戰兢兢地窺視窗外，看到外面被白雲籠罩。也許飛機會墜落，今天我就會死了。當我不斷地顫抖，就聽見「噹」一聲有些愚蠢的聲音。

「飛機即將開始降落，接下來請不要使用洗手間。」

飛機裡突然變得明亮。我望向窗外，看到飛機似乎穿過雲層，太陽直射進來。下方可以看到大片的綠色。起飛時我沒有發覺到，森林好壯觀。從上空看，一棵棵樹緊密地連結在一起，感覺好像同心協力形成巨大的集團。好幾塊集團又聚合在一起，成為巨大的山，形成世界。

「同心協力」是老師常掛在嘴上的話，所以我一直很討厭這個詞，不過我現在了解到，這才是真正的同心協力。

我不再怕飛機。即使墜落了，同心協力的森林、軟綿綿的山，應該也會接住我的身體。

仙台比我想像的更像大都會。車站的天花板很高，人也很多，走路的速度很快。不過我沒有動搖。我已經仔細調查過前往方式，所以沒問題。我依照寫在筆記本上的資訊，在仙台站轉乘地下鐵。地下鐵在地底下，因此我感到忐忑不安。如果地道塌下來，把我活埋怎麼辦？不論行駛多久都是一片漆黑的車窗好可怕。我抬起頭想要求助，看到上方貼著動物園的海報。我看到無尾熊在說「歡迎光臨！」，才想起重要的事。

為了見到那孩子，我願意做任何事。

在這之後，不論看到什麼，我的心都不會動搖。即使看到走出車站就是動物園、大門的柱子是長頸鹿、在禮品店排隊的人群、雪鴞銳利的眼睛、毛豆泥霜淇淋看起來很難吃的顏色，我都不會為之所動。越接近那孩子，我的心、我的眼睛、耳朵、鼻子和嘴巴，都只能想到那孩子。

我逆著準備回去的人潮爬上斜坡。當我總算來到像是頂峰的地方，就看到一排長長的黑色柵欄。柵欄後方有類似壕溝的水溝。那是很長的凹洞。水溝的後方是岩山，看起來崎嶇不平，感覺很痛；和泥土顏色不一樣的咖啡色看起來很廉價。地面光禿禿的，沒有泥土也沒有草。右端有小小的水池，但是看起來不像池塘、湖水或水坑。在這個全部都像仿製品的世界裡，有東西在陰影中蠕動。

是那孩子。

那孩子看著我，一動也不動。我也無法動彈。黑色毛茸茸的臉上有兩顆小小的眼睛。這雙眼睛盯著我，光亮而溼潤，和那時候一樣。眼中的光芒很美，但卻更顯得寂寞、哀傷，看起來就好像在哭泣。

你眼中的白色光芒並沒有閃耀。

「放我出去。」

你說。

「放我出去，拜託。」

你等著。我會去救你。

我爬上黑色柵欄，降落在另一側，沒有助跑就跳向你那裡。

我的腳劃過空中。我沒有到達岩山，被水泥牆遮蔽視野。我往下掉，雙腳落在壕溝底部，發出類似被壓碎的聲音。劇烈的疼痛直衝上來，讓我的頭幾乎要破裂。眼前變成白色一片。當視力朦朧地恢復，我發現自己跌坐在地上，抬起頭就看到你的臉在天空當中。

你俯瞰著我。

你在說話，但我因為耳鳴而聽不見內容。你凝視著我，然後跳下來。原本在上方的身體瞬間變大，遮蔽我的視野。我會被壓扁！當我閉上眼睛的瞬間，地面宛若裂開般搖晃。

我戰戰兢兢地睜開眼睛，看到你就在我的眼前。

「妳會放我出去？」

你說。我聽到微弱的聲音，疼痛與衝擊立刻消退。

我無法做任何回答。

「妳會放我出去？」

「不行。」

我聽到聲音回頭，看見的是紅色。一名穿著鮮紅色T恤的女人在那裡。

我聽到低吼聲。你不滿地接近。

「停！」

女人揮起長柄刷。你邊發出低吼邊張開嘴巴。

「停！」

女人使勁揮下長柄刷。

「住手！」

我應該有喊出聲音，不過她一定沒有聽到。

刷子正中你的肩膀。你發出疼痛的叫聲。

「住手！」

我雖然大喊，但想必仍舊沒有被聽見。我想要阻止那個女人，卻無法站起來。你畏懼地退到後方，女人趁隙抱起我。女人用極大的力氣緊緊勒住我的身體，衝向凹洞深處的鐵門。

「妳在做什麼！」

那個人非常生氣。她沒有遞手帕給哭哭啼啼的我，也沒有替我擔心或問我要不要緊。

「妳差點就要死掉了！」「妳知道嗎？」「別開玩笑！」「不要只是哭，快說話！」

直到其他飼育員搬著擔架奔來，女人一直在生氣。我猜大概是因為我一直哭，沒辦法說任何話，因此她才更加生氣。

跑過來的其他人都溫柔地對我說話，輕輕抱起我，把我放在擔架上，送到醫務室接受治療。我剛才以為自己一輩子都沒辦法走路了，但是醫生說我只是扭到腳。我躺在小小的床上，有幾個大人走進來。有膚色黝黑、不知道該稱作叔叔還是爺爺的人，也有穿著套裝的年輕大姊姊。我看到在他們後方的紅色T恤，立刻知道是那個女人，身體因為緊張而僵硬。

但是那個人現在很安靜。膚色黝黑的叔叔似乎是這裡的園長，用溫柔的口吻問了我許多問題。我說我一個人從俱知安來，女人便瞪著我說：

「不要說謊。」

我剛剛沒有發覺，不過在日光燈下，這個人看起來也有一把年紀了，比媽媽還要年長。她的眼尾有很多皺紋，可是不知道為什麼，感覺卻不像歐巴桑。她的頭髮很短，更讓我感到害怕。

我默默地拿出機票，三人彼此對看一眼。

「妳真的是一個人來的？」

園長瞪大眼睛問我。接著我一五一十地告訴他們，但是當然沒有提到你的事。只有這一點我絕對要守密，因此用後牙咬緊舌根。我告訴他們家裡的電話號碼，園長和年輕的女人就邊談邊走出去。紅色衣服的女人並沒有離開。我默默低著頭，她便探頭看我的臉。

「妳為什麼要大老遠跑來這裡？」

我感覺到如果隨便撒謊，一定會立刻被識破。

「因為我想要見到動物。」

我盡可能不說謊地回答，女人卻不為所動。

「札幌也有動物園吧？」

「札幌的動物和這裡的動物不一樣。」

「妳想要看雪之介嗎？」

「雪之介？」

我露出詫異的表情，女人也露出同樣的表情。這時我才發覺到，原來你在這裡被取名為雪之介。

「那我換一個問題。妳為什麼要跳進去？」

她立刻恢復可怕的表情，因此我又僵住了。

「幸好這次只是扭傷，但是妳也有可能會死掉。就算還只是小熊，看起來很可愛，也不能小看牠。我們是賭上性命在飼育的。」

她的口吻雖然委婉，但是我卻覺得比遭到怒罵還要可怕。

「你們為什麼要賭上性命飼育？」

我戰戰兢兢地發問，女人的眼神變得更加嚴厲。

「不要用問題回答問題。」

我再度說不出話來。我聽見時鐘的針滴答滴答的聲音，但卻覺得時間好像停止了。

「回答我。妳為什麼要跳進去？」

「因為小熊說：『放我出去。』」

我老實回答，女人便一動也不動地凝視著我，甚至沒有眨眼。我以為會被揍，緊緊握住被單。

她的眼睛比我看過的任何東西都要可怕。似曾相識的那雙眼睛，就像在電視上看到黑豹捕捉獵物時的眼睛。我是獵物。我是住在叢林中的小動物，像是松鼠之類的。她或許會連咬都不咬就把我活吞下去。

但是女人沒有撲向我，無聲地走出房間。

走路沒有聲音這一點，果然很像黑豹。

過了不久，警察到場問了我一些問題。這大概就是所謂的偵訊，不過大家都不可怕。

「如果是大人，就要被逮捕了。」

像這樣的威脅也是帶著笑容說出來的。警察回去之後，我蒙上被單睡著了。

或許是因為疲勞頓時湧上來，我一直沉睡，直到被媽媽叫醒。

「雨子！」

奔來的媽媽再度抱緊我。跟那時候一樣。我產生回到過去的錯覺，但是今天媽媽背後跟著爸爸。

爸爸把我從媽媽拉開，用很大的力氣抓住我的雙肩。

「妳為什麼要做這種事？為什麼要說謊？」

出乎預料的是，爸爸在生氣。

「我不知道發生什麼事了，可是妳很有可能會死掉。」

他說的話跟像黑豹的人一樣，不過眼睛好像快要掉下眼淚。

「妳這孩子到底要讓爸爸媽媽操多少心！」

我第一次被稱為「妳這孩子」。

「對不起。」

我只能說出道歉的話。

爸爸摟住我的肩膀，大手包覆我的背。媽媽吸著鼻水。園長和醫生站在他們後方，不知為何兩人眼中也噙著淚水。

離開動物園之後，這回輪到媽媽發脾氣。兩人和那天不同，都對我生氣，讓我稍微鬆了一口氣。這是我第一次覺得爸爸像真正的爸爸，感覺有些不好意思。

「對不起。我想要見那孩子。」

在西餐廳吃晚餐的時候，我老實告訴他們。這時爸爸放下湯匙，看著我說：

「雨子，聽好，那天去看熊是雨子不對，可是母熊被殺不是雨子的錯。妳不用去想那種事。」

我把湯匙插入焗飯中央。

這是謊言。如果我不在那裡，那孩子的媽媽會被麻醉槍射擊，只會睡著，不會死掉，也不會被吃掉。從頭到尾都是我的錯。只有我的錯。

我沒有吃點心就合掌說「我吃完了」。

「如果我變胖，就是雨子害的。」

媽媽笑著吃下兩個義大利奶酪，爸爸難得喝了葡萄酒。

仙台站前的小飯店只有兩張床，因此我和媽媽一起睡。

我想起小時候，當我不知為何就是感到害怕的夜晚，會鑽進媽媽的被窩裡睡覺。聞到媽媽的氣味，就會不可思議地感到安心，這一點到現在仍舊沒變。我心想，這個人果然還是我的媽媽。可是——可是這樣的溫暖仍舊讓我感到痛苦。

你這輩子已經不可能在媽媽旁邊睡覺了。

第二天，我們稍微在仙台觀光，但是我幾乎不記得看到什麼。回程的飛機和從機場搭的電車，也像老師朗誦的課本上的故事，我的腦袋完全不打算去記憶。

吹散這種煩悶情緒的是鴿子——不對，是鳩子小姐。我沒有等她問起，就滔滔不絕地述說在仙台發生的事情，不知不覺中，煩悶的情緒消失了。鳩子小姐一直都沒有說話，不過當我把毛豆泥麵包的伴手禮遞給她，她總算開口——

「妳聽見熊的聲音？」

「嗯，我真的聽見了。我聽見『放我出去』。」

「那是妳的主觀想像吧？」

她這麼說，我才赫然想到一件事。我到現在才發覺。

那時候，當你在圍欄底部問：

「妳要放我出去嗎？」

像黑豹的人明確地回答：

「不行。」

那個人也聽見了。你說的話不是我在幻想。

我很確信地抬起頭。

「不是我的想像。你真的說，希望我可以幫忙。」

我如此斷言，鳩子小姐就愣住了。

「你？」

鳩子小姐以為我是在稱呼她。

我不知從什麼時候開始，就稱呼那孩子為你。

「我是指那隻小熊。『雪之介』才不是真正的名字。」

「真正的名字是你嗎？」

「不是，我不知道真正的名字。那個名字是已經死掉的媽媽取的，我和動物園的人都不知道，所以我才稱呼為你。」

你、您、小朋友、小妹妹——在各種稱呼方式當中，我覺得被稱為你（註12）

註12 你：這裡用的「你」是「あなた」，日文另外也有「君」、「お前」等多種第二人稱代名詞，使用場合各有不同。あなた通常使用於對等（或以下）者的稱呼，比「君」、「お前」客氣。在日文對話中較少使用代名詞稱呼對方。

最特別，因此自然而然這樣稱呼。這一點讓我感到有些高興。

鳩子小姐或許察覺到我的心情，對我笑了。雖然皺紋很多，牙齒也泛黃，不過她的笑臉很迷人。我很喜歡她的笑臉，因此即使沒有自信，仍舊宣言：

「我一定要去救你，把你從圍欄裡放出來。」

「怎麼救法？」

「我還不知道。我會慢慢想。我要自己去想。現在的我大概還沒有辦法，可是我一定能做到。不管要花幾年，我都要救你。為了這個目標，我可以賭上性命。」

最後一句話一定是受到像黑豹的人影響。我才不能輸給那個人。我的雙眼盯著鳩子小姐，或許也變得很像黑豹。

鳩子小姐撕開毛豆泥麵包的袋子，把麵包分成兩半，把右手的那一半遞給我。我接過來之後盯著麵包。

「這個好難吃。」

鳩子小姐咬了一口，高聲大笑。鴿子嚇得飛起來，我也嚇了一跳。她既然笑得這麼開懷，應該表示沒關係。她應該是在告訴我：加油，妳一定能做到。

You can do it！我可以飛。我要像鴿子一樣，自由自在地飛翔。

「妳有心理準備嗎？」

鳩子小姐把毛豆泥麵包撕成碎片拋到空中，然後用和剛剛完全不同的表情轉過來看我。

「妳如果真心想要救某個對象，就得拋棄很重要的東西。」

我無法把眼睛從這張臉上移開。

我心想，自己大概還是太天真了。賭上性命就是這麼回事。鳩子小姐一定也拋棄了所有重要的東西，賭上性命每天在餵鴿子。

我凝視著鳩子小姐，把毛豆泥麵包吞下去。

我打算改變心的形狀活下去。

我在圖書室和圖書館讀了許多書，用Google查了很多資訊，記在筆記本上。光是這樣還有很多不明白的事，不過我心想，為了救你必須成為飼育員才行。不對，我要當的不是動物園的飼育員，而是月之丘動物園的飼育員，而且最好是成為你的飼育員。要成為飼育員有各種途徑，不過可以確定的是，要當上飼育員很難。喜歡動物、想要當飼育員的人在日本有很多。我還不知道該怎麼做才能成功，也有一大堆不知道的事情，但是我至少知道必須用功讀書。

我開始專心聽老師講課，也會整齊地抄下黑板上的文字。鉛筆和橡皮擦的消耗速度快了十倍，螢光筆也一樣——就像奇異筆細的那一端，螢光筆也轉眼間就用完了。老師驚訝地說「妳好像變了一個人」，不過那是理所當然的。

我改變了心的形狀。雖然還沒有變成能夠去救你的、巨大柔軟宛若棉被的形狀，但是我心中強烈期望能夠變成那樣。

「我有重要的事要宣布，請大家仔細聽。」

在擬定暑假計畫表的時間，老師這麼說。

老師說的重要的事，頂多就是有人的室內鞋被偷，或是飲水機的水龍頭被麵包堵住之類的，可是我卻停下手。我有不好的預感。

「這學期結束之後，那智同學就要轉學了。」

我的預感命中了。那智被老師點名，紅著臉站起來。

「那智因為爸爸工作的關係，要前往東京。」

全班同學發出「哇」的聲音，是因為聽到東京這個詞。那智害羞地盯著地板，不過當老師要他說一句話，他便無奈地上臺。

「我來這所學校上學的時間，只剩下一個星期了。謝謝大家。」

那智望著貼在後面的書法，只有在最後一瞬間看了我一眼。我立刻低下頭，因此我不知道那智是以什麼樣的表情回到座位上。

從那天起，我和那智就沒有聊過任何重要的話題。在那之前，我們每一天都會聊自己覺得奇妙的事，現在卻完全不聊。但是那智卻好像什麼都沒發生一樣，一副像是在溜冰場輕鬆溜冰的表情，我也像滑雪一樣過日子。

所以即使最後一星期變成三天、變成兩天、變成最後一天，我仍舊無法對他說任何話。東京是我無法想像的異世界。就連仙台也出乎意料地遙遠，至於東京則太遠、太大，讓我無法想像。

結業式會在中午之前放學，到時候學期就結束了，怎麼辦？我會問「怎麼辦」，果然還是很在意。我竟然還祈禱著校長漫長的致詞能夠延續更久，然而站在最前面的那智背影卻文風不動，柔軟的頭髮也沒有搖晃。

從體育館回到教室之後，大家為那智舉辦歡送會，表情看起來都很愉快。雖然大概只是因為玩大風吹玩得很愉快，但是大家這麼高興，我不禁擔心那智會不會感到難過。那智雖然在笑，可是看起來像是裝的。

美琴說了「這些日子以來謝謝你」之類的話，然後大家一起唱「謝謝，再見（註13）」。最後老師拿出大家偷偷寫的集體簽名留言。我不知道該寫什麼，就寫下砂村對我說的話。

「岡島同學，妳交給他吧。」

老師突然在我耳邊說。雖然是悄悄話，不過那智一定聽見了。我不知道該擺

註13　謝謝，再見：井出隆夫（筆名：山川啟介）作詞、福田和禾子作曲的歌謠，於一九八五年首度於NHK《你的歌》節目播放，內容為與老師同學道別，是一首常在畢業或轉學時唱的曲子。

出什麼樣的表情把這個交給那智，臉色變得通紅。

「你們不是好朋友嗎？」

老師這麼說，我也只能乖乖聽從。

我低著頭走到前面，把大家簽名留言的厚紙板交給那智。

我說不出任何話，那智也沒有說任何話。當教室變得悄然無聲，老師便用力鼓掌，大家也開始鼓掌，那智則朝大家的方向鞠躬。

班會結束之後，那智被大家環繞。我沒來由地躲在洗手間打發時間。我等走廊變安靜之後才回到教室，教室已經沒有人了。那智當然也已經離開，到頭來我什麼都沒有對他說就回去了。我從校門一直慎重地踢著同一顆石頭，連一次都沒有弄丟，一路帶著走。當我繞過轉角，朦朧想著再踢兩次就射門成功，抬起頭看到那智站在我面前。

「小雨。」

好久沒聽到的聲音，和之前一點變化都沒有。

「那孩子的媽媽不是小雨殺死的。」

那一天，以及那一天的第二天，我老實對他說過內心的想法：是我殺死了那孩子的媽媽。現在他給了我回應。

我覺得很想哭。因為那智的話仍舊很溫柔，讓我感到痛苦，卻又感到喜悅。

我為了自己不該感到高興而悲哀。我為了自己想要高興而感到難為情。我害怕你會責備我。眼淚似乎要從喉嚨深處湧上來，但我忍住了。我只能選擇忍住。

「謝謝。」

我忍住沒有哭，對他鞠躬。

這是我活到現在為止最誠摯的鞠躬。

「我沒事。」

我抬起頭擺出笑容，看到那智在哭。

我明明笑了，但是那智卻哭了。淚水從眼鏡後方撲簌簌地掉下來，鼻子不斷吸著鼻水。這樣感覺好像是我把他弄哭的。我想要設法安慰他，可是心中的我卻搖頭說這樣不行。這樣的話就會跟以前一樣，完全沒有改變。那智想要依靠我，或是我希望那智幫助我，都是不應該的。否則就跟以前一樣，我會回到過去的我。

我已經改變心的形狀了。

我為了守護你，必須捨棄重要的東西。

「再見，那智。」

我沒有離開原地，踢了石頭，那顆石頭剛好滾到那智腳邊。

「再見，小雨。」

那智說完，撿起石頭離開。

二〇一三年

積雪時沒辦法把憤怒發洩在石頭上，實在很難受。我試著踢起小小的雪塊，但沒有任何反作用力，只是散成粉狀。

我決定為了救你不惜做任何事情，可是現實的牆壁卻如冰山般冰冷而堅硬。我越是調查越了解到，要成為飼育員是一道窄門。這世界上有多如牛毛的人想要從事動物相關的工作，又沒有多少人會辭職，所以工作機會很少；再加上對我來說，去其他動物園沒有任何意義。全國八十九家動物園當中，有八十八家動物園對我來說沒有意義。也就是說，和「不論去哪一家動物園都可以，一定要成為飼育員！」的人比起來，困難程度是八十九倍。這個具體的數字冰冷到讓我凍傷。

月之丘動物園是市立動物園，因此必須通過地方公務員考試。雖然還有其他幾種對找工作有利的資格和檢定，不過共通點就是要等到十八歲才能取得。反過來說，這些都是滿十八歲之後只要念書就能取得的資格，所以持有是基本條件，真正的勝負無疑是憑靠這些資格以外的部分。最大的武器應該是經驗，所以我打算上高中之後就去動物園打工。基於這樣的想法，我在國三的秋天（註14）多次進行當日往返的旅行。

我到札幌的動物園，被告知沒有在招募工讀生，到小樽的水族館也得到同樣的回應，理由是因為這是具有危險性的工作。昭和新山和登別的熊牧場雖然在招募工讀生，但必須要滿十八歲才行，理由也是因為這是具有危險性的工作。

我感到很不甘心。令我憤怒的是，自己的人生被十八這個數字絆住；悲哀的是，這副腳鐐是憑任何努力都無法解除的；懊惱的是，即使什麼都不做而呆呆地等，不論是誰總有一天都能解除這副腳鐐。我撕碎麵包用力丟到河裡，結果被鳩子小姐怒叱。

我感到不安。我能做的就只有念書，但是不論目標是什麼，大家都會這麼做，而我不知道這樣是不是真的能夠幫上你，並且為此焦慮。

我就這樣悶悶不樂地迎接國中最後的寒假。我望著Google地圖，映入眼簾的是岩內馴鹿公園。

岩內是位於北海道西側、沒有電車經過的港口小鎮，距離俱知安搭巴士一小時左右。

註14　國三的秋天：日本的新學年自春天（四月）開始。如果是三學期制，秋天已經進入第二學期。

我在「馴鹿公園前」巴士站下車，眼前矗立著巨大的看板，以馴鹿角作為箭頭。站名明明是「公園前」，但是卻得走很長一段積雪道路。走了一陣子，出現類似小屋的建築，過了小屋就是一望無際的白色平原。理所當然地，平原上有馴鹿。

天氣雖然冷，卻有許多帶小孩來的遊客。我付了五百圓的門票進入裡面。馴鹿比我想像中的大，鹿角也很壯觀。想到如果被刺中心臟，就連脖子、肺和脾臟大概都會同時被戳破，就會覺得很可怕，不過馴鹿的眼睛看起來很溫馴。

「馴鹿，就是馴服於人的鹿。」

我閱讀看板上的文字，看到旁邊寫著「志工招募中！」

志工。這個詞看起來就像強大的武器般閃閃發光。

「請問，園長在嗎？」

我詢問搬運牧草的大叔。

「我就是。」

他的回答讓我感到驚訝。這個人戴著黑框眼鏡，穿著鮮紅的連身工作服，臉上彷彿寫著「我是怪人」。這種人當園長不要緊嗎？我有一瞬間感到不安，但是以貌取人是最惡劣的。我挺直背脊正要鞠躬，他又說：

「不過我不是園長，是聖誕老人。」

果然跟外貌一樣，是個怪人。即便如此，我也不猶豫。

「請讓我在這裡工作。我想要當志工，在這裡工作。」

我拚命懇求，連自己都不免在內心吐槽：又不是向湯婆婆拜託的千尋。我說我從春天就是高中生，他便說：

「那麼妳從春天就來工作吧。」

他說得很乾脆，因此我不禁驚訝地問：

「不需要面試之類的嗎？」

「妳不是喜歡馴鹿嗎？只要有這樣的HEART，就ENOUGH了。」

因為實在是太土了，我無言以對，只能很有氣勢地鞠躬。

就這樣，我的升學志願從原本要申請小樽的明星學校大幅轉向，躲過老師再三勸說，決定報考岩內的道立高中。等級雖然下降，不過從這所高中到馴鹿公園不用花錢，可以專心從事志工。

翌年我順利考上高中。爸爸原本希望我念明星學校，因此臉上的表情不像買來的水果塔那麼亮麗；媽媽則照例擺出濃妝豔抹般的笑臉。出乎意料的是，鳩子小姐對我說「恭喜」，還給了我禮物。我打開禮物，裡面是吐司皮。

這所高中雖然沒什麼特別的地方，不過從教室的窗戶可以看到海，以及彷彿用尺畫出來的海平線。

我想像著海的另一端就是內地，而你就在仙台等著我。

其實我知道海的另一端是俄國。打開地圖檢視，正面是一座叫作馬克西莫夫卡的城鎮。我用小指測量，驚訝地發現馬克西莫夫卡比仙台更近，不過我還是覺得進這所高中是正確的選擇。提到俄羅斯就會想到熊，而馬克西莫夫卡聽起來也很像熊的名字。在那之後，我三不五時就會念誦馬克西莫夫卡。上課想睡覺的時候就念馬克西莫夫卡，肚子痛也念馬克西莫夫卡，心情不好就對馴鹿說馬克西莫夫卡，電腦的 email 帳號也是馬克西莫夫卡，不過密碼是 0609。每次輸入，我的指尖就會隱隱作痛。

六月九日是我遇見你的日子，也是害死你媽媽的日子。

每年只有在這一天，我會向學校請假去見你。

我告訴媽媽和爸爸，我想要成為動物園的飼育員。我當然沒有說出真正的理由，只對他們說，因為我傷害了動物，所以想要從事能夠幫助動物的工作。

媽媽傻傻地相信，對我說這是很棒的夢想，爸爸也誤以為我是很了不起的女兒。每年五月在我生日的時候，他們會送我仙台旅行的機票。雖然很貴，但是爸爸看起來很高興，總是請年假陪我一起去。我的理想雖然是獨自旅行，不過也無法抱怨。當我去動物園的時候，兩人會去其他地方觀光，因此我也很滿足了。

小學四年級的六月，睽違一年見到的你已經長大，個子變得跟媽媽一樣高。

我驚訝地說不出話，可是你卻凝視著我說：

「我想要回家。」

你的確這麼說。

「對不起，對不起，對不起。」

不論我如何道歉，你都沒有責備我，只是反覆地說：

「放我出去。」

「對不起，再等一下。」

我也只能這麼說，只能道歉。

當你知道我無能為力，就只是默默地盯著我。即使身體變大了，那雙眼睛還是沒變，格外的圓滾滾，而且依舊溼潤。

次年和再下一年，你仍舊沒有變。睽違一年見到我，就問：

「妳是來救我的嗎？」

溼潤的眼睛閃爍著哀傷的光芒。

「對不起。還不行。不過請你等我。」

我對你道歉，你沒有責備我也沒有生氣，只是悲傷地低頭。

會不會很難受？會不會很熱？這裡的飯好吃嗎？

想問的問題很多，我卻無法問出口。我很狡猾。因為我知道，即使得到「很難受」的答案，我也無能為力。

你從來不問關於我的事。這一點每次都讓我感到寂寞。

女生哇哇叫的聲音讓我覺得刺耳。

星期一早上明明只有倦怠感，但有幾個女生從早上就興致高昂到極點，動不動就拍手，不知道有什麼好高興的。該不會是在演戲？我之所以這麼想，是因為覺得她們看起來很像籠子裡的黑猩猩。如果只是主觀想像每天都快樂到不行，那就太可憐了。

直到小學三年級的那一天，我也覺得學校是快樂的場所。星期一早上，我總是興奮地期待著遇見新事物。可是我卻比其他人更早發現這是幻想。不對，拒絕上學的篠田或許更早就發現了，然而我跟篠田也不太一樣。我知道學校不是只有快樂的地方，也不是只有痛苦的地方。學校是念書的地方，但是大家往往會忘掉這個天經地義的道理，所以才會為了朋友關係煩惱，為了戀愛而痛不欲生。學校是學習的場所。只要明白這一點，上學應該就不會痛苦了。話雖然這麼說——

「自從我們以生命／發誓的那一天／明明一路留下／美好的回憶／」

放學後的合唱練習卻只有痛苦而已。不知為何，本高中每年十二月都會舉辦班際合唱比賽，而且不知為何，不論是學生或老師都熱心於爭奪冠軍。

我們被迫一次又一次地唱「再一次喚回那美好的愛情（註15）」。一再聽到「再一次、再一次」之後，即使是歌謠史上的名曲，也只會讓我嫌惡。而且每次練習都得被迫犧牲念書時間，距離你的路途也越來越遙遠。強制剝奪年輕人有限時間的學校方針，簡直就跟強盜沒有兩樣。

無聊的時間感覺特別漫長。時鐘的針明明沒有停下來、一直在動，明明對所有人都是公平的，但是我卻覺得時間過得實在是太慢了。

不論怎麼努力，都必須從大學或專科學校畢業才能當飼育員。數著到那一天為止的天數，讓我感到暈眩，因此我決定先只想著撐過眼前的一年。和你說再見之後，我會想著明年再次見到你的日子，度過剩餘的三百六十四天。每一天結束後，我就會用黑色塗滿月曆的格子，害媽媽擔心我是不是有什麼問題。

從去年冬天，我也開始在站前的KTV店打工。光是念書和當志工沒辦法滿足我，因此我想要藉由存下念專校的學費，盡可能稍微感受到自己正逐漸接近你。但是能打工的日子一星期頂多三天，而且只有放學之後。單憑六百多圓的時薪，每次打開存簿都沒有太大的變化，具體的數字就如從天而降的冰雹般打痛我。

註15　再一次喚回那美好的愛情：前「Folk Crusaders」成員北山修作詞、加藤和彥作曲的流行歌曲，於一九七一年推出之後，多次被翻唱並改編為合唱歌曲，也曾收錄於國中音樂課本，是合唱比賽常唱的經典歌曲。

時間經過之後，我了解到的，就是無論如何掙扎都沒辦法抵抗時間。

「岡島，妳心情很好嘛！」

我邊哼著流行歌曲邊準備飲料，店長便湊過來對我說話。即使聽到故意裝熟的口吻、聞到口臭讓我很想嘔吐，不過還是比合唱好多了。這裡總是洋溢著歌聲。不論是多麼無聊的旋律，都能讓我忘記「那美好的愛情」。或許是默默工作看起來好像很認真的樣子，我的時薪每個月都漲兩圓。

星期一、二、三我會像這樣努力打工，星期四、五則不戴圍巾離開學校，前往圖書館。越冷越能夠忘記那首歌。我為了消除合唱的餘韻而鼓起氣勢，但是天氣冷還是很難受。氣勢連毛線纖維一根分的溫暖都沒辦法給予身體。

圖書館相當安靜，就連翻筆記本的聲音都聽得很清楚，有時候光是咳嗽都會被瞪。雖然不太自在，但是這點小事根本不算什麼，我反而覺得很好。堅硬的椅子也很合我的意。畢竟我舒舒服服地待在開暖氣的室內。想到被關在籠子裡的你，這種事根本不算什麼。

我從小學就經常到圖書館，把動物相關書架的書從「あ（註16）」開始依序抽出

註16　あ：平假名五十音順排序第一的假名。

來，調查自己想知道的事情。重點在於花時間學習。一旦想要尋找問題，就會源源不絕地湧出來。我原本完全看不見終點，不過到了國二，我就讀完所有的書而不知該如何是好。這時當圖書管理員的大姊姊告訴我，可以申請預約其他圖書館的書籍。雖然不知道對求職有沒有幫助，不過我現在正在大量閱讀各種動物醫學與營養學的書籍。

星期六和星期日，我從早上就在馴鹿園工作，回程總是會去見鳩子小姐。只有和鳩子小姐在一起的時候，時間過得特別快。即使我說出堆積許久的牢騷，鳩子小姐也不會安慰我。這一點讓我很自在。

鴿子到了冬天就突然失去蹤影。我原本以為牠們和熊一樣去冬眠了，但這只是我的主觀想像。其實鴿子不論夏天或冬天，都會不知從何方飛到鳩子小姐這裡。不論天氣多冷，鳩子小姐每天早晚都會在同樣的地點撒麵包屑。

馴鹿也不會替我加油。牠們的個性沉默而溫和，不愧是拉著肥胖的聖誕老人跑遍全世界的動物，即使面對老是發牢騷的我，也毫無怨言地陪伴在身邊。聖誕老人園長雖然有點奇怪，不過並不是壞人，而且他的名字真的叫三太（註17），所以也不算說謊。我驚訝地說「太偶然了」，他就說「這是必然。因為我叫三太，所

註17　三太：三太的日文讀法和聖誕老人的日文簡稱同音（Santa）。

以才會把牠們找來」。

看到他威風凜凜地晃動眉毛，我心想裝帥大概就是這麼回事。不過他說的「必然」是真的。聽說三太先生在二十年前從俄國買了五隻馴鹿，如今已經增加到十倍以上。這個人私底下應該也很努力。雖然賺得好像不是很多，但是他總是看起來很幸福，讓我也感到羨慕。

園內的工作幾乎都是搬運牧草和清掃糞便，比表面上更為粗重。搬運牧草和耙雪一樣，腰的位置和姿勢決定了身體的命運。冬天開始和結束的時候，清掃糞便的工作格外辛苦。糞便沒有結冰，因為雪的水分而變得溼答答的。如果可以的話，我寧願撿剛大出來還有溫度的糞便，甚至想要直接接住從屁股大出來的。我邊想邊在雪地上到處奔跑，不知不覺中開始覺得自己的腳看起來像動物的蹄。馴鹿的蹄之所以很大，據說是為了避免陷入雪中，具有雪鞋的功能。這是生物的奧祕，進化的奧祕。要持續做這份工作多久，我的腳才會變成那樣？我詢問馴鹿，但是聽不見回答。

我沒辦法聽見馴鹿的聲音。不過我覺得這樣也好。我來這裡並不是為了要和馴鹿交朋友。

下了電車，尖銳的空氣刺痛我的肌膚，我立刻戴上手套。老舊的月臺感覺不到都會氣息，不過人照例多到讓我戰慄。札幌據說是日本第五大城。仔細觀察，地下街的空間和喧囂都大於仙台，但卻感覺不太像大都會，或許是因為我知道這裡仍舊不是內地，而是屯田兵拚死拚活開拓的。不過當我踩在雪上，抬起頭又想到或許不是這個理由，而是因為這裡的雪和俱知安是相同的白色。

仙台也會下雪嗎？那裡的雪和這裡是同樣的白色嗎？

你希望下雪嗎？還是不要太冷比較好？你希望和出生的地方一樣寒冷嗎？我有好多問題想要問。

那裡天氣冷了，不會想睡覺嗎？一直醒著，肚子不會餓嗎？有沒有得到足夠的食物？一開始思考就停不下來，疑問與擔心混合在一起，像降雪般不斷堆積在我的腦中。就如下大雪的次日，根本來不及除雪。

當我回到現實，看到笑容滿面的小熊圖案，上面寫著日本動物世界專門學校。眾多女高中生依序進入大樓裡，因此我也跟在她們背後穿過自動門。

「歡迎各位來參觀 OPEN CAMPUS。」

擔任副校長的女性致詞。OPEN CAMPUS 這個詞聽起來不必要地帥氣，就如這個人裝年輕的姿態、粉色系的教室，以及負責示範的學姊可愛的容貌，感覺都沒什麼必要性。我們在面帶自豪微笑的副校長帶領之下，四處參觀實習室。前往不同教室還要搭乘電梯，讓我感到很驚訝，懷疑這裡真的是學校嗎？唯一讓我安心的是營養學課本確實很厚。周圍的同學都擺出苦瓜臉，但是看到印著密密麻麻文字的書頁，我就鬆了一口氣。

我們從八樓依序下樓，終於來到二樓。這裡整層都是休息區。

「接下來是休息時間，請在這裡的LOUNGE自行吃午餐。」

這裡似乎不叫休息區，而是叫作LOUNGE。我的臉頰發燙，獨自找了角落的位子拿出便當盒。周圍的其他高中生和岩內的學生屬於不同人種，有染褐髮的人，女生各個都化了妝，制服也是各種顏色的西裝外套，裙子底下穿褲襪的只有我一個人。我坐立不安，瞥了一眼旁邊，看到牆邊擺了很多本時尚雜誌，而且主要是成熟風格的雜誌，不禁感到厭惡。在這種地方真的能學到關於動物的學問嗎？我正在不安，就看到熟悉的某個名字。

「傾聽泥土的聲音　砂村賢朗」

這是砂村的書。淺黃色的書背很漂亮，因此我不知不覺地伸手去拿那本書。我輕輕打開，看到封面內側寫了作者簡歷。

「砂村賢朗　植物學家。北海道大學教授。♂。」

如此簡潔的介紹，很有砂村的風格。最後的雄性符號看起來就像是本人的簽名。

「喂，妳沒有讀過嗎？」

我覺得好像聽到聲音而回頭，不過砂村當然不在這裡。他不可能在這裡。我完全失去了冷靜。我闔上便當盒的蓋子，收進背包。我把書放回書櫃，搭乘電梯。下午似乎有在水族館工作的畢業生演講，不過我知道去聽演講沒什麼意義。大學必須上四年，因此不在我的考慮範圍，而能夠從俱知安通學的動物專門學校就只有這裡。不管有沒有來參觀OPEN CAMPUS，我一開始就沒有其他選擇。

「選擇最喜歡的事情作為工作。」

宣傳的海報上，寫了副校長提到好幾次的話。可以把最喜歡的事情作為工作當然很棒，但是把最喜歡的事情作為工作，真的那麼重要嗎？這世界上無法把最喜歡的事情當成工作的人比較多吧？那麼那些人該怎麼活下去？

比任何人都更徹底地將自己喜歡的事當工作的砂村，又是怎麼想的？

我像是被催趕般離開學校，開始奔跑。札幌車站裡的書店面積是俱知安書店的二十倍，不過分類很仔細，因此我立刻找到砂村的書。

我沒有吃便當就搭上電車，打開書本，一開始是這樣寫的。

「你聽過泥土的聲音嗎？」

沒有。不論是任何人都會這樣回答吧。我也沒有。不過我能很自信地寫下類似的話。鳩子小姐想必也一樣。

你聽過鴿子的聲音嗎？

你聽過熊的聲音嗎？

我果然是砂村的小孩。

想到這裡，我遲遲無法翻到下一頁，就這樣抵達俱知安。我把車票交給站員，呆呆地走向河岸。

「那裡感覺跟我格格不入，一整個光鮮亮麗，而且讓我有很強烈的疏遠感。」

我發出牢騷，鳩子小姐便一邊翻砂村的書一邊說：

「不過那裡放了這本書吧？」

沒錯。在那光鮮亮麗的校舍中，砂村書的存在是一線希望。

「雨子，妳對學校的要求是什麼？」

鳩子小姐用低沉的聲音問。雖然平常也很低沉，但是今天聽起來更加低沉。

「為了進入月之丘動物園的知識和資格。」

「既然這樣，不管念哪裡都一樣吧？」

沒錯。鳩子小姐總是一語中的，讓我不知道該如何回答。說謝謝感覺也不太對，因此我說不出任何話來。

「想學的東西在哪裡都能學到，學不到的東西在哪裡都學不到。」

她突然這麼說，讓我感到驚訝。

「謝謝。」

因為這句話很棒，所以我也能變得坦率。果然除了道謝以外，沒有別的話能說。

「鳩子小姐好厲害。」

我吐出白色的嘆息。

「笨蛋。」

她哈哈大笑，拿砂村的書給我看。

這是中間部分的一頁。某章開頭的一句話，讓我露出睽違許久的笑容。

「想學的東西在哪裡都能學到，學不到的東西在哪裡都學不到。」

又過了一星期，我還在閱讀最初的一章。

我不想漏掉砂村的話。我看著、聽著每一句話，讓它們緩緩落入心底。當我產生疑問，會盡量去尋找答案；在注意到的地方，會貼上隱形的便利貼。今天放學之後，我也只能讀一頁，不過我覺得這樣剛剛好。雖然不想承認，但其實我捨不得把書讀完。

另外還有一個理由，那就是在內心深處的某個角落，我期待著書中某個地方或許有提到我。雖然討厭這麼貪心的自己，不過我已經放棄掙扎，接受這就是我。

洗完澡之後，我看到砂村的書放在餐桌上。殘留的熱水沿著頭皮流下。媽媽正在廚房洗便當盒。大概是因為我忘了拿出便當盒，她才在背包裡發現那本書。

「那是雨子買的嗎？」

媽媽的語氣雖然裝得和平常一樣，不過比平常稍微高了一點。

「嗯，對呀。」

我簡短地回答，就聽到關水龍頭的「啾」的聲音。我裝出沒有特殊狀況的表情，拿起餐桌上的書。我刻意走近媽媽，從冷凍庫拿出冰淇淋麻糬，放在書上準備離開。

「等等。我可以跟妳談一下嗎？」

媽媽不等我回答，就到餐桌前坐下。

「要讀那本書是雨子的自由，不過不要讓妳爸爸看到。」

自由。從她的語氣就可以了解，沒有那種東西。

「我沒有打算要讓他看到。而且是媽媽自己隨便拿出來的。」

我躺在沙發上，故意在她面前翻開書。溼溼的頭髮貼在沙發上，但是我不予理會。這時媽媽粗暴地奪走我的書，停了半晌，不發一語地把書放回餐桌上。

「是媽媽在排斥吧？如果妳不希望我讀這本書，為什麼不直接說出來？」

「我不希望妳讀這本書。」

映在窗戶上的媽媽這麼說。

「知道了。」

我放下冰淇淋麻糬，只拿起書回到房間。我關上門，坐在床上立刻開始閱讀。我說「知道了」，是指知道媽媽的心情，所以不算說謊。我並沒有答應不去讀這本書。我找了類似歪理的理由翻著書頁，但是卻讀不進裡面的內容。砂村的臉旁邊浮現媽媽的臉。那是比現在年輕、削瘦許多的媽媽。她的眼睛看起來好像在哭，所以我立刻闔上書。我躺在床上，把頭埋進羽毛棉被。眼前變暗之後，我就聽到自己的聲音——

「為什麼？為什麼要分開？」

兩人告訴我這件事的時候，六歲的我明確地這麼問。

「我們發現彼此的想法不同，所以決定分開生活。」

砂村說完，用吸管攪拌柳橙汁。我連「喀啷喀啷」的聲音都記得。明明是果汁，聽起來卻像乾燥的聲音。

我不了解，為什麼不是在家裡或附近常去的咖啡廳、而是在國道沿線嘈雜的家庭餐廳談這種事；我也不了解，為什麼已經決定是媽媽要撫養我。這明明是我的人生。

「就算分手，我們都還是雨子的爸爸媽媽。這一點不會改變。」

媽媽面帶笑容地這麼說。她和爸爸不同，沒有喝任何飲料，直視著我微笑。

當時的我太小了，完全相信她的笑臉，沒辦法說出想問的問題就點頭了。我擔心如果不這麼做，就會有某項重要的東西破裂成無數碎片。

我開始懷疑這句話可能是謊言，是在電視劇中聽到完全相同的臺詞的時候。美到很假的女演員對小孩提出離婚的話題時，說了完全相同的話。我感覺到自己的人生就像這齣電視劇般膚淺，不禁全身無力。

一年後，我確信這句話不只「可能是」謊言，而是真正的謊言。

「今後我希望妳把岡島先生當作爸爸。」

在和家庭餐廳完全相反的高級餐廳，當媽媽對我這麼說時，我覺得自己被騙了。媽媽穿的衣服和那天完全不同，相當華麗，胸前還閃爍著胸針，不過她臉上還是掛著笑臉。我雖然沒辦法接受，但是看到媽媽旁邊的岡島先生眼睛溼溼的，還是說不出任何話。

從杯子滑落的水滴浸溼杯墊。我知道眼前這個沒有點酒、喝著蔓越莓果汁的人不是壞人。我不想要改姓岡島，也對一再強調他們半年前才認識的媽媽感到厭煩，但是我心想這也是沒辦法的，誰叫我是從這個人的肚子生出來的。

「夫妻分手的理由有哪些？」

我之所以能夠毫無顧忌地問，是因為三太先生是個不太可靠的大人。

「嗯？妳的雙親處得不好嗎？」

三太連這種問題都毫無顧忌地問。

「不是這樣的，他們已經在十年前分手了。」

「這樣啊。」

三太先生露出感傷的表情。

「最常發生的就是外遇吧。」

他說出很沒神經的話。不過多虧如此，我可以毫不猶豫地談這個話題。

「還有什麼其他理由？」

「像是小孩子的教育方針之類的。」

踩在雪上發出的「軋」的聲音聽起來好像帶著回音。

「他們有可能是因為我分手嗎？」

我看著河岸的鴿子喃喃地問，鳩子小姐也毫不客氣地回答：

「當然有可能。」

她的毫無顧忌和三太先生屬於不同類型。我知道她是為了我著想而毫無顧忌地說話，所以完全不同。

「你們為什麼會分手？」

話說回來，我之所以能夠輕易地問正在做千層麵的媽媽，或許更要歸功於三太先生而不是鳩子小姐。多虧不可靠的三太先生，讓我心裡稍微輕鬆了一些。能夠讓人覺得當個沒用的大人也沒關係，可以說是相當珍貴的存在。

「我們的想法變了。」

或許是因為昨天發生的事，媽媽似乎沒有太驚訝。

「為什麼？妳的意思是你們不再喜歡彼此了嗎？」

「不是這樣的。」

媽媽停下手邊的工作看著我。

「不是喜歡或討厭的問題，而是更根本的想法差異。這個差異變得很大。」

「什麼差異？」

「有很多。」

「很多是哪些？」

媽媽沒有回答。千層麵的醬發出咕嚕咕嚕的沸騰聲。我關上鍋子的火，不是因為擔心燒焦，而是因為聲音太吵。

「我不覺得大人就應該很了不起。」

鍋子沸騰的聲音雖然平息下來，但我的胸口卻變熱了。

「妳說的話就跟那個人一樣。」

媽媽的聲音變得沙啞。我猜她說的是實話。「那個人」這樣的稱呼雖然冷淡，卻也不是相當尖銳。我覺得很像某種形狀。

「最大的差異是教養小孩的方式。」

我沒有說話，只想確認她接下來要說的話。

「那個人不是總是對妳說，要妳自己想嗎？可是我不想要像那樣養育孩子。我想要在養育的過程中，好好看著妳、支持妳。」

分手的原因果然是為了我。

我並沒有受到打擊。就如三太先生說的，我也有心理準備。不過苦澀的感覺緩緩在胸口擴散，或許是因為我在內心某個角落——不，應該是很大一部分——覺得不會有那種事吧。我或許想像著，即使現在聽到他們分手的理由，我也絕對不會感到痛苦。

「所以我才不希望妳讀那個人寫的書。妳的母親是我。」

媽媽很果斷地說這句話，眼神有點可怕。

我想到她說話的聲音像什麼形狀了。像馴鹿的角。夏天的期間，鹿角覆蓋絲絨般的短毛。媽媽的話也像那樣，雖然尖銳卻又帶有圓潤，堅硬卻又柔軟；雖然有很多分歧，但大部分的劍尖指的不是我，而是砂村。這一點讓我感到悲傷。

爸爸回來之後，媽媽擺出平常的表情。我邊吹涼邊大口吃著千層麵，卻沒有感受到任何滋味。我心想，早知道應該讓它燒焦的。我避免看爸爸的臉，把千層麵吞下去。

原來如此。所以那天兩人才會到幾乎沒去過的家庭餐廳，告訴我他們要分手的事。

那是為了不讓繼續在這個家生活的我想起當時的情景。一定是這樣。我採取正面的想法，理解到這是母親和砂村的溫柔。

然而我在這間客廳、這張餐桌，總是會想起當時砂村喝的柳橙汁的聲音。喀啷喀啷的乾燥聲音，清爽、冰冷而寂寞。即使是熱騰騰的飯、千層麵或漢堡排，也沒有辦法給予溫暖。

再一次、喚回那、美好的、愛情！

太慘了。正式比賽在最糟糕的時機來臨。歌詞彷彿刺在我身上，大家的歌聲讓我痛苦。明明不知道作者的心情，但是唱著唱著，眼睛就會熱熱的。我明明絲毫不會盼望生下我的兩人仍舊彼此相愛，然而三人在家裡客廳一起吃飯的記憶、毫無特色的回憶不由自主地浮現。我憎惡選這首歌曲的老師。我打從心底感到憤怒。我試圖用憎惡來強制冷卻胸口，忽然聽到：

「岡島！」

老師點名我，讓我嚇了一跳。

「很好。表情很棒。大家也要向岡島學習！」

大家同時看著我。真是糟透了。我明明沒發出什麼聲音。單細胞的老師只看到紅紅的眼睛，就以為我比其他人更認真，欣喜地摸著指揮棒。

「大家要記住，練到這個地步，剩下的就要靠意念來決定勝負。」

我們接受愚蠢而迂腐的勉勵，結束最後的練習，前往體育館。全校幾百名學生一排排坐下，從一年一班依序開始表演合唱。

每次換另一個班級上臺，來賓座位的父母親也會換一批人。媽媽不知道什麼時候會進來。爸爸也會來嗎？我在意著自己的背後，不安地蠕動腳尖，時間比我想像的更快流逝。

體育館瀰漫著二氧化碳，來到聚光燈底下之後感覺更熱了。把熱氣誤會為熱誠的老師揮起指揮棒。從手腕彈動的動作，可以輕易察覺到老師正處於自我陶醉的狀態。大家同時挺直背脊，張開雙腳。雖然很討厭這種好像被操縱的動作，但也只能乖乖遵從。我好幾次想要離開體育館，結果還是站到臺上。

你沒有辦法逃跑。所以我也不能逃跑。可是——

「自從我們以生命／發誓的那一天」

歌曲從一開始就太過吻合我的心情，讓我還是幾乎被擊沉。

「明明一路留下／美好的回憶」

媽媽坐在體育館後方的折疊椅。

「然而當時／欣賞著同一朵花／讚嘆多麼美麗的兩人／彼此的心意／現在已經無法再聯繫。」

砂村坐在媽媽旁邊。明明不可能會有這種事，實際上我連媽媽的身影都沒有看到，只看到聚光燈的另一邊有兩張臉。我對於沒有看到爸爸感到很抱歉。閉上眼睛，就浮現你的臉。

「讓我們再一次喚回那美好的愛情。」

你在唱歌。

望著再也見不到的媽媽的方向。望著被我殺死的媽媽的方向。

「讓我們再一次喚回那美好的愛情。」

結果我們得到亞軍，在學年當中則是第一名。大家都在哭。老師紅著眼睛讚賞大家，女生握緊手帕彼此擁抱，一開始不怎麼起勁的男生不知為何也在哭，眼淚的溼氣讓教室的窗戶蒙上溼氣。不幸中的大幸是，由於教室籠罩在感動當中，即使我獨自偷溜出去，也不會有人發覺。

最想哭的明明是我。然而在看到大家哭喪著臉之後，想哭的心情也縮回去了。

我跑在積雪的道路上，衝入ＫＴＶ。距離打工的時間雖然還早，不過因為客人很多，所以店長很感謝我。我從制服換成另一套制服，走在走廊上，身體稍微輕鬆了些。多虧差勁的歌聲，滲染全身的那個愛情總算被剝除。我想要承受更多的歌聲，甚至想要唱歌。我想要大叫。我發覺自己一邊清掃包廂一邊握著麥克風，不禁嚇了一跳。

回到家，媽媽顯得很興奮。她果然到過體育館。爸爸據說也從工作抽身一起到場，因此他今天要加班到很晚。

「媽媽看到雨子拚命唱歌的臉就掉下眼淚。糟糕，我一想到又……」

她靦腆地用面紙輕輕按著眼尾。

「今天我要大展廚藝，來做特製燉肉。」

看著媽媽說出午間電視劇般的臺詞，我很慶幸她是個平凡的人。

餐桌上的料理比平常更豪華。燉肉使用的雞肉似乎是高級比內地雞，不過因為太甜而吃不出差異。媽媽的料理基本上都很甜。我用湯匙背面壓碎馬鈴薯時，媽媽把電視音量調高。

「今天中午過後，東京澀谷車站附近的道路上發生疑似隨機殺傷事件。一名男子開車撞倒行人之後，持刀連續砍人。根據東京消防廳的說法，有十三人受傷，其中五人處於心肺功能停止的狀態，先前已經確認有兩名女性與三名男性死亡。砍人的是二十三歲的男子，在案發現場附近被制伏，以現行犯遭到逮捕。」

我原本就沒什麼胃口，此刻已經完全失去食慾。電視上映出血淋淋的現場，警車和救護車的紅色格外醒目。事件的犯人固然可怕，不過在場的人臉上帶著莫名興奮的表情也很恐怖。

「真可怕。」

嘴巴上說著這種話卻沒有停止吃燉肉的媽媽也很可怕。我想起小時候拿著電蚊拍殺死蒼蠅的媽媽。

「愛護生命是最重要的事情。」

說這種話的幼稚園老師使用蚊香的時候，我問：「不用愛護生命嗎？」老師便噗哧笑出來，說：「我是在愛護你們。」我想起當時老師的臉，以及嘴角的痣。

「蚊子和蒼蠅另當別論！」

媽媽揮動電蚊拍時這麼說。我想起電蚊拍搶眼的鮮粉紅色，以及包裝上寫的「電死！」字樣。我回憶著那有些驚悚的場景，注視電視新聞。我當然不會把媽媽和幼稚園老師看作引發事件的犯人，不過如果我是蚊子或蒼蠅，那支粉紅色電蚊拍就和犯人的卡車或刀子一樣。

新的消息進來，得知又有兩人死亡。人類輕易地被殺死，就和你的媽媽一樣。光是扣下扳機，光是動一下手指，生命就消失了。燉肉變涼了。畫面上的字幕好可怕。那麼多人死了卻只用一句話傳達，讓我覺得可怕。媽媽的湯匙碰到盤子，發出無生命的聲音。播報新聞的男人繫著漂亮的淺藍色領帶，也讓我感到可怕。

我閉上眼睛，聲音消失了。人死的時候，不知道是不是也像這樣悄然無聲。

「咦？」

我聽到媽媽驚訝的聲音，張開眼睛。

「雨子。」

媽媽全身僵硬。我望向她視線所及的地方，在電視中看到懷念的面孔。

「這個人是那智吧！」

媽媽代替我喊出來。那智正在接受採訪。

「嚇我一跳，我還以為他是被害者。真的是那智。好可怕，幸虧他沒事。他長得這麼大了，不過還是看得出來。」

在一旁繼續說話的媽媽雖然很煩，不過我也想著幾乎同樣的事。我沒有回答，拿起遙控器放大音量。

「與其說可怕……我不知道該怎麼辦。我完全束手無策。」

那智在警察局前面說話。

「很抱歉，沒什麼特別的內容可以說。」

那智雖然已經變聲，不過這的確是他的聲音。句尾變沙啞的模式一樣，而且在這種時候還是很客氣，也是那智的特色。他的面貌已經完全成熟，個子看起來也很高，柔軟的頭髮覆蓋在眉毛上，眼鏡依舊很厚。他穿著橄欖色的大衣，扣子一直扣到脖子。

受訪者換人之後，我仍舊盯著電視好一會，等到開始播其他新聞，我才喝水。我一口氣喝完之後，才發覺自己剛剛喉嚨很乾。

泡澡之後，身體也無法變得暖和。那智在警察局前面，是不是被警察找去詢問？他竟然在那麼多人被殺害的現場，當時死的也有可能是他。我全身起了泡沫般的雞皮疙瘩。

我想像因為某人任性的心血來潮，害得那智像蒼蠅或蚊子一樣輕易地被殺害。看新聞報導，每天都有人在某個地方被殺，而且這些還只是冰山一角；明知這樣的事實卻悠閒生活的自己，讓我感到噁心。認識的人差點被殺才害怕，實在是太愚蠢了。我明明已經忘記那智。我對於看到他的臉才想起來並害怕的自己感到火大。而且基本上，知道那智沒事就安心地說「太好了」也很奇怪。

兩年前也是這樣。東北地方發生大地震的那一天，我只擔心著在仙台的你。地震中死了無數的人，讓我害怕與悲傷，但是當我得知月之丘動物園沒有太大的損害，就鬆了一口氣。我竟然鬆了一口氣。

想起當時的事，直到現在我的手都會發抖。我最害怕的，就是自己只擔心你的冷酷態度。

我提高水溫淋溼頭髮。洗頭的手變得用力，一陣子沒剪的指甲銳利到大量泡沫都無法包覆。伴隨著堵塞在毛孔的老舊物質，我試圖將自己無法承受的情感也一併剝除。

我徹夜未眠，迎接早晨。鬧鐘還沒有響，我就下床打開暖爐。我邊烘腳邊換衣服，披上大衣走出房間。媽媽還在睡覺。我把吐司折成一半塞進口袋，就聽到進入洗手間的聲音。我不太想要見到媽媽，便趕緊走向玄關，可是在我穿上靴子之前，門就打開了。

「雨子。妳這麼早就要出門了？」

出來的是爸爸。

「嗯，我們在忙著準備活動。」

我撒了謊，爸爸便溫柔地微笑。

「真努力。」

他把放在鞋櫃上的兩個暖暖包遞給我。

「我自己有。」

「那就多帶一些吧。」

爸爸將暖暖包塞進我的口袋。

「我走了。」

我沒有道謝就使勁打開門。在關門的瞬間，我回頭，從門縫間看到爸爸臉上仍帶著笑容。

或許是因為比平常稍微溫暖，地面上的冰融化了，顯得很光滑。汽車提心吊膽地行駛，不過我毫不在意，盡情奔跑。我通過車站前方，跑向河岸。我的雙腿自然而然前往鳩子小姐的方向。

細細的一條路通往河邊。只憑腳步踩出來的這條道路，是鳩子小姐反覆行走而闢出來的。我邊感謝邊爬上小小的堤防，看到的是空曠的景象。鳩子小姐不在這裡。

風很寒冷。我走下堤防停下腳步，劇烈的嚴寒便襲來。

一隻鴿子飛來，降落在沒有被踩過的雪地上。這隻鴿子無疑是在尋找鳩子小姐，大概是肚子餓了。我從口袋拿出吐司，又有幾隻鴿子飛來。

我後悔自己只帶了一片吐司，盡可能撕成小片拋到空中。鴿子陸陸續續飛來，寂靜的河岸只聽見拍打翅膀的聲音。鴿子看起來並沒有很高興，不過我的表情大概顯得很高興。我覺得自己似乎從鴿子那裡稍微得到了一些力量。

「喂喂喂。」

我聽到聲音回頭，看到一名穿得很厚的老先生站在堤防上，大概是附近居民。我雖然看過這張臉孔，但沒有回應，背對著他繼續餵麵包。

「快點住手，否則連妳也會被抓喔。」

「咦？」

我回頭看到老先生喜孜孜地彎起嘴巴。

「妳不知道嗎？昨天鴿婆婆被抓了。」

「咦？」

在我心中彷彿有東西像雪崩一般無聲崩塌。

「她被逮捕了。誰叫她被警告好多次都不肯停止餵食，還揍了來勸阻的公務員。那一拳真的很厲害。」

老先生開始打空拳。什麼意思？逮捕？揍人？我無法理解這些話的意思。我沒有問老先生，直接開始奔跑。他似乎在我背後說了些話，但我已經聽不見了。我捏爛左手中剩下的麵包，用即使跌倒也要繼續滑行的氣勢奔跑。我看到在馬路對面的警察局前方直立不動的警察。兩邊沒有來車。我闖了紅燈，剛好立刻就變成綠燈。警察雖然瞪我，但我毫不畏縮。我沒有時間畏縮。

「鳩子小姐呢？」

我衝進局裡，衝到類似服務臺的地方。女警反問我：

「鳩子小姐？」

「呃，那個……就是昨天被逮、逮、呃，被……被抓的人。」

我無法順利說話，不過對方似乎了解了。

「哦，就是鴿子那件事。」

「是、是是的。請問她在哪裡？」

「妳和根元女士是什麼樣的關係？妳是她的孫女嗎？」

我們是什麼關係？我無法回答。我甚至現在才知道她姓根元。

「啊。」

女警往旁邊看。她的視線前方是階梯。年輕警察走下階梯，後面跟著鳩子小姐。一名大約五十多歲的叔叔陪在她身邊，或許是她的兒子。我無法立刻動彈，默默地盯著三人。

「真的很抱歉，造成各位的困擾。」

看似兒子的人在入口處鞠躬。

「知道了嗎？不可以再餵鴿子了喔。」

警察邊開門邊對鳩子小姐說。

「為什麼？」

我邊說邊跑向他們。警察回頭看我。

「為什麼不能餵鴿子？」

鳩子小姐也在看我。

「呃，妳是她的家人嗎？」

警察問我，但是我沒有做任何回答。鳩子小姐也沒有回答。在她旁邊的兒子愣住了。

「為什麼？請回答我。」

我不管這些，繼續問。

「為什麼？」

「妳問為什麼？當然是因為會造成困擾。」

「困擾是誰的困擾？什麼樣的困擾？」

「因為鳥糞會撒得到處都是。那裡是公共場所。」

「公共場所是誰的？是人類的嗎？河岸是人類的場所嗎？」

警察沒有做任何回答。櫃檯的女警走過來。

「妳要了解，我們的工作是守護市民的生活。」

「為什麼不可以幫助餓肚子的鴿子？遇到有困難的人，不是都說要幫忙他們嗎？這句話是謊言嗎？不是人類就不能幫忙嗎？」

我彷彿變回小學生般，瞪著女警。

「別說了。」

我聽到低沉的聲音。雖然知道是鳩子小姐在說話，但是我連這句話都不予以理會。

「請告訴我為什麼！如果是人類，你們會怎麼辦？你們只能幫助市民嗎？如果是狗或貓呢？誰規定河岸只屬於人類？鴿子、狐狸和熊，不是也都在人類居住之前就已經在這裡了嗎？」

「別說了。」

鳩子小姐想要阻止我，讓我更加煩躁。

「請回答我！」

我湊向女警，被旁邊的警察壓制。警察用很大的力量抓住我的右手臂，因此我便用左手推過去。

「喂！妳這樣是妨害公務罪喔！」

我被威脅了。我毫不在乎，但是手臂很痛。我揮動手臂想要掙脫，結果連鳩子小姐也來抓住我的手臂。

「為什麼！」

我甩開她的手，發現她的身體很輕。鳩子小姐搖搖晃晃地往後倒退，被她的兒子扶住。

「媽，不要緊嗎？」

鳩子小姐看起來好像變了一個人，看起來很瘦弱。雖然說她的確很瘦弱，但是站在河岸的鳩子小姐感覺應該更強大。

我失去抵抗的力量，任憑警察壓制。

「可以到這裡來嗎？」

警察邊鬆開手邊說。我要被帶進偵訊室了。我會被逮捕嗎？我因為恐懼而面無血色。我望向鳩子小姐，她已經背對著我。

「對不起。」

我立刻道歉，但是她沒有回頭。

「回去吧。」

鳩子小姐對兒子這麼說，走出警察局。

我把手機號碼告訴警察，爸爸立刻奔來。

「希望爸爸能來接我。」

我請警察這樣轉告，所以爸爸一個人來到警察局。因為是星期天，所以他似乎在家。平常他很重視體面，但此時卻穿著起很多毛球的居家服。

女警說明事情經過時，爸爸一直沉默不語。他沒有看我，視線落在地板上。

「因為是未成年，應該也沒有惡意，所以我們並不打算把事情鬧大。不過如果又發生同樣的事——」

爸爸彷彿要打斷女警的話一般，低下頭說：

「我知道。真的很抱歉。我會好好教導這孩子。」

我心想，真是陳腐的說詞，然後打心底厭惡自己。爸爸的表情明明真的很愧疚，明明是為了我而說的。我越想越不知道應該怎麼辦，只能無言地低下頭。

走出房間的時候、還有走出警察局的時候，爸爸也好幾次鞠躬道歉。我沒有道歉。我瞥了女警一眼，她便把視線移開。

停在停車場的汽車已經完全冷卻。我坐上後座，在車內吐出的氣息也是白的。爸爸沉默不語地關上車門，坐上駕駛座，但沒有開車，只是默默地看著前方。

「媽媽呢？」

我因為無法忍受沉默的時間，便開口問。

「我還沒有聯絡她。今天是她去合唱團的日子。」

爸爸淡淡地回答。這樣反而可怕。他面無表情，沒有插入車鑰匙，也沒有繫上安全帶，只是坐在位子上。

「怎麼了？」

沒有暖氣的車內感覺比外面更冷。我搓著手發問，他便平靜地回答：

「妳還問怎麼了？妳應該有話要說吧？」

他看著後照鏡中的我，眼睛有些泛紅。

「對不起。」

我小聲地說，爸爸便嘆了一口氣。

「不是對爸爸說。妳回去對警察局的人道歉。」

「為什麼？」

我對爸爸道歉是出自真誠的心情，卻感到遭受踐踏。

「為什麼？做壞事就要道歉，不是天經地義嗎？」

「我又沒有做壞事。是因為他們要抓我，我才想要甩開。」

我立即回答。爸爸什麼都沒有說。我不想讓他說話，又繼續說：

「我確實覺得造成爸爸困擾，但是我說得沒有錯。說穿了，那些人什麼都沒辦法回答，只是利用權力來迴避重點。爸爸，你有什麼想法？你知道為什麼不能餵鴿子嗎？」

「雨子。」

「為什麼？為什麼鴿子小姐要被抓走？告訴我為什麼！」

「妳給我適可而止！」

爸爸的聲音變得粗暴。

「妳到底要說這種話到什麼時候？這樣和小學的時候有什麼兩樣？一點都沒有變。」

我完全無法回答。他說得沒錯，我的確一點都沒有變。我原本覺得這樣就行了，卻被徹底否定，因而感到驚訝。

「原來是這樣。」

我失望地說出這句話，肩膀不斷顫抖。我已經感受不到寒冷，也不知道自己胸口是熱還是冷。

「我不在乎鴿子怎麼樣。我在擔心的是雨子。」

我看著窗外，只看見雪的白色。

我已經沒有心情去看爸爸。

「雨子，妳想太多了。」

我差點掉下眼淚，便離開車子。我沒有回到警察局。我正要離開停車場，爸爸就追上來。

「等一下。」

我不想等。我沒有停下來。濺起的雪花進入靴子裡。

「妳聽我說，這世界上有很多事情是沒辦法得到答案的。今後踏入社會，還會有更多這樣的問題。如果一一抱持疑問，就會活得很辛苦。」

「我知道了。」

我停下腳步開口，爸爸也停下腳步。我回頭注視爸爸。

「我知道了。」

我說完向前走，爸爸這次沒有再追來。

我到達馴鹿公園時，已經是兩點多。雖然毫無理由地遲到很久，但是三太先生生氣的方式卻很爽朗。

在冰點以下的氣溫中，等待馴鹿雪橇的遊客大排長龍。雖然吹拂著強烈的寒風，大家的臉色都很紅潤，還有小孩子吃著霜淇淋。多虧驚嘆與忙碌，讓我得以轉換心情。要忘記對警察的憤怒、對爸爸莫名的情緒，這裡是最適合的場所。

「嘿呀！」

三太聖誕老人發出類似 Soran 節（註18）的吆喝聲，似乎也沒有人在意。輕輕拉繩子，摩洛佐夫就緩緩開始走路。雖然有三太陪行，雪橇也沒有飛到空中、甚至沒有奔馳，但小孩子光是坐在雪橇上就很興奮，大人當然也很高興，雀躍不已地錄影。每一個家庭成員都露出歡樂的表情。我想到這將會成為家庭回憶的一頁，

註18 Soran 節：北海道日本海沿岸捕鯡魚的民謠。唱的時候會搭配吆喝聲。

不禁感到難以消受。

雪橇時間結束，我便去餵馴鹿。對於努力的摩洛佐夫，除了牧草之外，我也給了更多的白蘿蔔葉。摩洛佐夫似乎肚子很餓，在狼吞虎嚥的同時，也從屁股的洞排出大便。

我看到冒著蒸汽的溫暖大便，心想這就是活著的證明。你是不是也像這樣在大便呢？是不是也咀嚼著食物呢？對於自己無意識地就想到你，我有些安心。

我脫下重疊戴上的橡膠手套和棉手套，赤手握緊大便。從手指之間擠出來的大便並不髒，很臭、很溫暖。

身體內部是溫暖的。動物是溫暖的。大便、呼吸、血和肉也一樣。

我開始想要見你。

到頭來，能夠了解我的心情與行動的，只有你。

我不能回家，鳩子小姐大概也和兒子一起住。要不要乾脆去見你？去了會怎麼樣？如果又隨便跑到仙台，爸爸會不會更生氣？會不會很傻眼？媽媽呢？會有什麼樣的後果？

我煩悶地想著這些問題，結果工作到日落，已經趕不上往仙台的飛機了。今天已經不可能見到你。我連逃避現實的行動都在逃避。

我結束工作，離開馴鹿公園。當我在等巴士的時候，對面車道停了別的巴士。我立刻跑過去。看到行進方向的標示，我想到重要的事情。除了你以外，還有另一個人可以救我。

我無視紅綠燈，越過馬路，坐上往札幌的巴士。我幾乎連滾帶爬地坐到最後面的座位，打開背包。我打開砂村的書，確認介紹文中北海道大學教授的資訊。到那裡就能見到他。我一想到這一點，內心就湧起種種思緒。

我才不在乎鴿子怎麼樣。

這就是爸爸的真心話。

我覺得好像被說：「我才不在乎妳變得怎麼樣。」

如果是砂村，一定不會說這種話。他一定會說，即使會過著痛苦的人生，也應該持續抱持疑問，應該要戰鬥而不是逃避。我想要見他。我想見他，跟他談話。我想要對他說出無法獨自承受的疑問。我希望砂村能夠肯定我要救你的事。我以祈禱的心情專心開始閱讀。

『植物感到喜悅。能夠這麼想的瞬間，對我來說是最值得高興的。』

這句話呈現出砂村對於植物、對於人類以外的東西毫不吝惜的愛情。

我專注地閱讀，在只剩幾頁的時候抵達札幌站。其他乘客開始下車，我仍繼續讀到最後一刻。當我正要站起來，看到正好符合現在的我的一句話。

力。』

『植物很溫暖。即使沒有血液，仍舊能夠給人溫暖。這就是這份工作最大的魅力。』

我想起摩洛佐夫的大便。溫暖的不是只有冒蒸汽的東西。這或許是「溫暖」和「暖和」的差別。車內天花板吹拂下來的暖風雖然暖和，但並不溫暖。那麼這副手套呢？大衣呢？靴子呢？

「地面很滑，請小心腳步。」

司機對年長者說話。我不禁對於覺得車內暖風不溫暖的自己感到羞恥。在這當中，一定也蘊含了司機的心意。

我下了巴士檢視地圖，發現北海道大學距離車站很近。我穿過充滿聖誕節氣氛的車站，來到外面。吹來的高樓風是在俱知安沒有感受過的寒冷。即使把圍巾圍很多圈，還是無法抵禦寒風。我縮著身體走在大街上，不到五分鐘就到達校門。我前往辦公室，才發覺今天是星期天，不過砂村應該在這裡。雖然沒有根據，但是我如此確信。我請職員告訴我砂村的研究室地點，全身起雞皮疙瘩。在雪地上每踩一步，我的胸口就發出撲通的心跳聲。

大學的校園很大，要走到研究室大概需要十分鐘左右。我想要在見到他之前把書讀完，因此打開書緩慢地走路。

白色的東西飄到書頁上。不知何時開始下起了雪。

我把空氣吸飽到胸腔中，清淨的空氣遍布到全身。我不再感到寒冷。雖然脫下了手套，卻比剛剛更加暖和。下雪比較暖和，是北海道人的常識。雖然不可思議，不過在冰冷的雪當中感受到溫暖的，不是只有我一個人。

『我們因為植物而維持生命，所以應該要更加尊重他們。』

開始使用「他們」來稱呼，證明砂村寫到這裡已經充滿熱誠。我眼前浮現寫字時用力到折斷鉛筆筆芯的背影。

『即使是同樣的植物，也像人類一樣具有個性。』

『造成危害的植物並不存在。』

『希望各位不要只是欣賞花朵。』

每一句話都流露出對植物的心意，讓我的眼中不禁泛起淚水。

『對我來說，植物就像是家人。』

家人。當這個詞出現，我屏住呼吸，原本吸著鼻水的鼻子也安靜下來。

『不，或許比家人更寶貴。』

屏住的呼吸無法恢復。

我翻到下一頁，是空白的。這就是最後一句話，接著全書就驟然結束，沒有說明這句話用意的文章，也沒有辯解的話。我不知道接下來輪到吸氣還是呼氣。

「保重。」

離開家的早晨，砂村這樣對我說。他摸摸我的頭，臉上的表情既不像是高興，也不像是寂寞。這張臉也沒有下一個表情。至少我不知道。

「我不希望妳讀那本書。」

我聽見媽媽的聲音。

「妳的母親是我。」

我現在理解到媽媽的口氣那麼果斷的理由。

我戰戰兢兢地試圖吸氣，呼吸更加困難。最後一頁寫著二〇〇三年。

喀啷喀啷。

橘子汁裡面的冰塊在搖動，發出清脆的聲音。這是到那間家庭餐廳的那一年。

我明白了。

砂村之所以會離開家，媽媽之所以和砂村分手，就是因為這本書。不，是因為這本書的最後一句話。

植物就像是家人。不，比家人更寶貴。

我的身體在顫抖。我突然感受到寒意。

我已經無處可去了。我不想見砂村，也沒辦法回家。鳩子小姐不在河岸，我也沒辦法去見你。

風不只是寒冷，甚至已經到了刺痛的地步。刀子般銳利的風像是要切開臉頰般吹來。我在原地蹲下。我很想吐。身體的水分被奪走，眼淚和鼻水都冰凍了。身體的感覺逐漸消失。我幾乎要倒下，但勉強撐住了。我把手鑽入口袋裡，發出喀沙的聲音。

有東西在裡面。我拿出來，是暖暖包。

是爸爸給我的暖暖包。

我立刻打開，用顫抖的手搓暖暖包。雖然要花一段時間才會變熱，但是對於現在的我已經足夠了。我接觸到變熱之前的暖暖包的溫暖，心中雖然仍舊寒冷，卻開始融化。

太惡劣了。我到底想要做什麼？我責問媽媽，無視鳩子小姐去頂撞警察，又不肯道歉而惹爸爸生氣，也不能見到你，所以才想要找砂村哭訴，然後被拋棄了之後，又想起爸爸。

我抬起頭，看到雪轉變為雨水。

雨水比雪更冰、更冷。水滴毫不留情地奪走體溫。

我想起來，雖然曾經感覺過雪是溫暖的，卻從來沒有感覺過雨水是溫暖的。

我已經不知道自己該怎麼辦了。

雨子——為自己取的名字，冰冷而無情。

早晨來臨，我沒有前往學校，而是跑到河岸。在警察局發生的事彷彿已經是遙遠的過去。鳩子小姐願意繼續當我的朋友嗎？昨天雖然這麼想，但是我卻已經沒有懷抱不安的餘地。就如眼前的綠燈般，我自己也在閃爍，快要變成紅燈了。不，也許已經變成紅燈了。我必須加快腳步。一切都好像要壞掉了。

我的身體從半夜就一直感到寒冷。光憑爸爸的溫暖，還是沒辦法滿足嗎？殘酷的想像使我顫抖。

昨天我搖搖晃晃地走出大學，在無意識中衝進路邊的公共電話亭，一邊搓著暖暖包一邊打電話到家裡。

「雨子，妳在哪裡？」

媽媽慌亂地問。我聽到快要哭出來的聲音，冰凍的淚水便融化了。

這時我才發覺已經過了九點，往俱知安只剩下最後一班電車。我決定不再哭泣，把砂村的書丟進電車的垃圾桶。到了俱知安，爸爸跟媽媽在等我。我老實地道歉：

「真的很對不起。」

我直視兩人的臉，兩人都緩緩點頭。爸爸擁抱我，我的鼻水也融化了。他們沒有問我為什麼要去札幌。他們一定是刻意不問的。回到家，火鍋料理已經準備好了，三個碗倒過來並排在一起。爸爸的肚子響了，媽媽笑了。我感到很溫暖。

這不是謊言。但是——

當我一回到房間，寒冷就追過來，不肯放過我。有人在我耳邊低語：明明剛剛還在鄙棄爸爸，太現實了吧？

你獨自縮在冰冷的水泥地上，即使我說話也不肯回應，連看也不看我一眼。我明明知道是夢，卻仍舊不知所措。黑色黏稠的東西碰觸我的腳。我嚇得想要甩開，卻被抓住手，拖到洞穴裡。

我醒來時，睡衣被汗水淋溼了。明明在棉被裡，汗水卻像凍結般冰冷。我憎恨被兩人的溫暖療癒的自己。八年以來一直沒有變的罪惡感到此刻才湧上來。就好像在鍋子裡燉煮暖暖包的內容物般，我的內心也變得漆黑而黏稠。

我從開始閃爍的綠燈之下衝過去，為了讓自己的心情稍微冷靜下來，停下腳步眺望遼闊的田地。雖然只看到白雪，但心中的黑霧卻沒有變淡。惡夢和罪惡感都一動也不動地棲息在我心中。

我走上堤防，看到鳩子小姐在這裡。她大概剛剛開始餵早餐，有許多鴿子飛來；然而鳩子小姐卻直立不動，沒有給牠們麵包。

「鳩子小姐。」

我走過去，鳩子小姐回頭看我，但是卻默默無言地轉回去。

「妳不給牠們麵包嗎？」

我把塞在口袋裡的吐司遞給她，她仍舊無言地收下了。

「鴿子在等妳。」

鳩子小姐忽然稍稍笑了，但是看起來不像積極的笑容。她沒有打算要撕開麵包，只是凝視著鴿子。

「為什麼鳩子小姐要被抓？」

我盡量冷靜地問。

「他們說是違反條例。」

「為什麼？」

鳩子小姐望著河面，把麵包收進自己的口袋裡。

我感到相當震撼。我不敢相信鳩子小姐竟然會聽從警察。

「為什麼？為什麼不用守護鴿子？為什麼能夠毫不猶豫地殺死蚊子和蒼蠅？狗跟貓呢？熊就可以殺死嗎？為什麼不能問為什麼？難道不能抱持疑問嗎？不應該戰鬥嗎？」

我把內心的疑問、那智的事、爸爸的事、媽媽的事、砂村的事、不安、罪惡感、矛盾、絕望，全部向鳩子小姐傾訴。我氣喘吁吁，宛若從雪山滾落般滔滔不絕地說話。

「我不了解。」

我把自己的心情全都吐露出來。鴿子停止動作看著我。

「這世上到處都是沒辦法理解的事情。」

鳩子小姐邊說邊看著我。

「不過只要知道一件事，不就夠了嗎？」

「一件事？」

「雨子，妳知道對妳來說最重要的是什麼吧？」

我也看著鳩子小姐。

「妳忘記我之前說的話嗎？」

我不可能會忘記。我用力搖頭，冰冷的空氣打在我的臉頰上。

如果真心想要救某個對象，就必須拋棄重要的東西。

「我知道。可是……」

「知道的話，其他事情就無關緊要了。」

鳩子小姐的口吻就和雨水一樣冰冷。

「妳不應該對警察做那種事吧？」

我了解她想要說什麼。即使是小小的輔導案例，也有可能讓我遠離自己的目標。但是……

「即使有人被殺，即使沒有朋友，即使雙親不愛自己——」

我知道。為了救你，我應該只想著你的事情過日子。

我知道。可是，可是……

「我沒有那麼堅強。」

我說出真心話。不是不小心吐露出弱點，而是確實表明。

「那就變堅強吧。」

鳩子小姐毫不留情地立刻回答，然後轉身背對我。

「我一點都不關心雨子。」

我不知道應該擺出什麼樣的表情。

但是她的口吻很堅強。無比熱誠，同時也極為冷淡。

「我關心的是這些孩子。」

我覺得好像聽見呵呵的笑聲，不過也可能是鴿子的叫聲。

鳩子小姐從口袋中拿出我的麵包，然後撕成小片丟出去。

在空中飄舞的麵包屑，看起來像粉雪般閃耀。

二〇一七年

我拿出放在信箱裡的信封，手在顫抖。

這是動物園寄來的信。是錄取結果通知。宛若下雨前的烏雲般，混濁的灰色蒙蔽我的視野。

那場面試非常失敗。我打開門，就看到像黑豹的女人坐在那裡，而且還被介紹為園長。我受到宛若要把津輕海峽分開的衝擊。我當然無法像摩西一樣從分開之處走過去，只能勉強保持站立。

偏偏我卻又注意到小小的蚊子，當園長讓蚊子吸血時，我覺得好像看到她似乎綻放著聖光。我像是被黑豹咬住的飛羚般，任憑擺布地說出真心話。我毫不猶豫地轉換火車行進方向，把人撞死。

我已經放棄，只能想別的方法。我踐踏著希望回到房間，打開桌子的抽屜。那裡有我從幼稚園就在使用的兒童用黃色剪刀。我把手指插入洞裡，想到自己的心。

當我知道被砂村拋棄的時候，我在胸前剪出開口。我用小小的剪刀，把心臟剪成兩半。

一個是真正的我。對於各種事情都會抱持疑問、試圖找出答案的我。在乎鳩子小姐、看到奔跑的馴鹿會露出笑臉的我。

另一個則是為了目的不擇手段的我。意義與理由都與我無關。對我來說，重要的事只有一個。除此之外，對於其他的事物我都不會放入感情。

和那智分開的時候，我決定改變心的形狀，但光是那樣沒有用。以手捏的方式改變形狀沒有意義，應該要用刀刃乾脆地切割才行。

我在學校、ＫＴＶ、馴鹿公園展現就此誕生的另一個我，度過剩餘的高中生活和專校的兩年。多虧如此，每一天都走在平坦的道路上。我不會畏懼大都會札幌，對於把學校當成才藝班的同學也不會感到焦躁，在「動物世界」專心學習。學校裡雖然沒有能夠教課本以外知識的老師，不過校園裡養的三隻貓、實習時接觸的牛和豬教了我超出預期的許多東西。我實際感受到，光是活著果然就是很了不起的事情。

上了專校之後，我在馴鹿公園的工作就減為每週一天。三太先生提議要雇用我為正式工讀生，不過我拒絕了。真正的我覺得為了不純正的動機拿錢很失禮，不過另一個我卻盤算著，當志工比較能給人努力的印象。

地方公務員考試、寵物動物飼養管理士、學藝員（註19）資格、普通汽車駕照……等等，都依照預定，在到達十八歲這個年齡之後就輕易取得。就如勇者穿戴上護具，我用名為資格的盔甲防禦全身，左手則握著馴鹿的角——這是我專用的特別武器。雖然不知道能不能刺中月之丘動物園，不過我已經做完能做的事了。

我從褐色信封取出折成三折的紙。紙張的白色讓我感到恐懼，腰部感覺涼涼的。我覺得自己好像站在高樓的頂端，不禁癱坐在地面上。我首度發現到地板是這麼冰冷。

我在害怕什麼？反正一定不行。那場面試結束後，我就一直在思考該怎麼辦，但我內心深處似乎還是有些期待。我一邊覺得自己真傻，一邊打開折成三折的紙。紙張發出喀沙的聲音。

文字顯得模糊，是因為我的眼睛溼溼的嗎？我不知道。我沒有心情尋找答案。我為了恢復對焦，望向窗外，然後再次看著這張紙。

就如水沿著壁面流過般，上面印著簡短的文字。

『歡迎您與我們共同打造美好的動物園。月之丘動物園全體員工』

註19　學藝員：依據日本博物館法，博物館（包含美術館、科學館、動植物園……等）專業性質的員工需具備的資格。

我彷彿看到白色的紙張逐漸染成琥珀色。

畢業典禮結束後，我首先離開座位。我把派對的邀請函塞到大衣口袋裡。之所以會收到邀請，是因為我並沒有迴避朋友、孤僻地只顧唸書。這是分割內心誕生的另一個我的功績。隨著年齡增長，人際關係變得越來越複雜，另一個我便大顯身手。

「這兩年來非常感謝老師的照顧。」

我向老師們打過招呼，進入電梯。從熱鬧的樓層解脫之後，即使在狹窄的空間裡，我也感到鬆了一口氣。

『賀．岡島雨子同學錄取仙台月之丘動物園！』

學校大廳貼著我的名字，每次看到我就會想打噴嚏。在學期間就錄取動物園似乎是創校以來的第一個，可以說是特例中的特例，老師也說是一大創舉，因此字體也比其他同學更大，讓我覺得很不好意思。我接受學校宣傳手冊用的訪問，收到班上同學羨慕的眼光。我之所以覺得鼻子癢癢的，會不會是因為心中有些優越感？我不知道，不過即使有，也是滿普通的事情，所以應該沒關係吧。

從窗戶望出去的札幌景色就如忙於育兒而停止化妝的主婦，我很喜歡。不遠處的海也不像南國的海閃閃發光，感覺像是默默地旁觀著我。

「這五年來非常感謝你的照顧。」

雖然只是把兩年改成五年，但是面對三太先生，我卻有點難以說出這句話。不是因為黑框眼鏡後面的眼睛溼溼的，也不是因為我把在札幌車站買的年輪蛋糕送給他。

「小雨，如果在動物園太艱苦，妳可以隨時回來。」

三太先生用袖子擦鼻涕，把有點髒的手放在我的肩上。

「我會努力避免回來。」

我說完就感到後悔。感覺太老練的回答讓我感到羞愧。

「這個拿去當紀念吧。」

三太先生把很粗的鹿角遞給我。

「不用了，謝謝。」

「別客氣。」

我是真心拒絕，卻沒辦法讓他了解。這種東西只會造成我的困擾，但他卻硬是拉起我的手要我收下。接觸的瞬間，我感到身體某處熱熱的——當然不是因為三太先生。原因一定是馴鹿。與其說一定，不如說是絕對。

我過去照顧馴鹿的時候，一直避免把牠們當作重要的存在。自從我把心一分為二之後，就如擦KTV地板一樣地工作，只是淡淡地、默默地搬運牧草，撿拾大便。然而我此刻卻感到寂寞。不能這樣。我是為了你而利用這些馴鹿。

我看到大大的屁股，但沒有接近馴鹿，轉身踩在雪地上。我握著從某隻馴鹿頭上脫落的大鹿角，一步步離開馴鹿公園。仔細看鹿角的形狀，或許可以知道是誰的，但是我不想知道。我不想承認自己有辦法知道。

離開馴鹿公園之後，我只說了一句「對不起」。

裝滿動物學書籍和筆記本的紙箱有三箱，最低限度的衣服和毛巾有兩箱，把文具等塞在鹿角間隙的最大的箱子有一箱。我把貼了郵局單子的六個紙箱堆在玄關，打掃房間每一個角落。

我背起塞了幾天份衣服和內衣的背包，坐上爸爸的車。我原本想搭電車去，可是兩人堅持要送行。我就是為了避免這種情況，才刻意選了平日，但是爸爸卻請了特休。開車到新千歲機場要兩個小時以上。我很怕他們開始聊起往事，所以一上車就假裝睡覺。

「謝謝你們長久以來的照顧。工作之後，我會慢慢還學費的錢。」

我在登機門前鞠躬。感謝的心情是真誠的。

「我不是說過不用了嗎？雨子工作賺的錢，就花在自己身上吧。」

爸爸彎下腰配合我的視線高度。他這樣慎重的態度是我感到棘手的地方，也是了不起的地方。

「妳為了實現當飼育員的夢想，從以前就一直在努力吧？爸爸很尊敬雨子。我以妳為榮。」

爸爸的感想沉重、厚重而炙熱。我感到胸口好像要被燙傷了。

「恭喜。」

媽媽照例以手帕按著眼尾，望著上方。挑空的天花板像天空那麼高，感覺好像可以看到上帝。

我鞠躬之後走向登機門。媽媽在背後哭，爸爸大概也在哭。他們彷彿以為這是生離死別，其實根本不是那麼回事。雖然不是那麼回事，不過搞不好真的會變成那麼回事。我心中想著這種念頭，頭也不回地向前走。

獨處之後，時間彷彿一瞬間就過去了。飛機不理會我的心意，很乾脆地起飛。我原本期待可以從雲層之間看到大海，可是當然沒那麼好運。我在差不多到海面上的時候，朝著小小的窗戶祈禱並發誓。

我一定要帶著你渡過這片海。

因為氣壓而鼓脹的耳中，好像吹進了津輕海峽的海風。

新居是媽媽在兩星期前決定的。走進仙台站前的不動產仲介公司，店員立刻拿出推薦資料。我看到第一間就說，我決定選這間，讓店員很驚訝。我在媽媽敦促之下，不得已去看了房子，不滿意的地方只有自動鎖。這讓我感覺好像被囚禁，不過媽媽似乎反而安心了。

「這裡是三樓，有完整的廚房，日照也很好。滿不錯的。」

最後果然還是選了這間，根本沒必要實際來看。

我到仲介公司拿了鑰匙，搭乘地下鐵前往新居，心中緩緩湧起和第一次來仙台時不同性質的興奮與緊張。我到達大廈之後搭了電梯，走出電梯來到第三扇門前。我打開三〇三號的門，聞到消毒的氣味。打開窗戶，春天來臨的氣息湧入室內。壁紙看起來就像是櫻花色。

這裡就是我的新城堡。人生的第二章就要從這裡開始！

事實上我心中並沒有這樣的感觸。這裡只是生活的地方，是為了達到目的必要的場所。我現在心跳加速不是因為新居，也不是因為春天的氣息。

是因為你就在附近。

從這裡到動物園五分鐘，從門口再走八分鐘——你就在這麼短的距離前方，等候著我。

我跑過去，不過今後大概也不需要用跑的。我相信自己的人生已經產生變化。因為你就在區區十三分鐘的路程之外！

我抓著已經比自己的肩膀還要低的柵欄，在假岩後方看到黑影。幾年前，你的欄舍稍微經過改裝，地面變成泥土。雖然和自然界的不一樣，不過也有長草，至少感覺比水泥舒服一些。

「我終於來了。」

聽到我的聲音，你便踩著枯萎的草探出頭來。

「妳要放我出去嗎？」

這裡住起來果然還是不舒服。

「對不起，還不行。」

我和過去一樣道歉，但現在能夠確實注視你。

「不過我說我來了，跟之前說的我來了不一樣。」

「有什麼不一樣？」

你的眼睛沒有變，依舊顯得溼潤。

「我可以陪在你身邊。就快了，再等一下。」

我的聲音雖小，但是內心卻在吶喊。

你沒有說什麼。你跟我不一樣，並沒有特別想跟我在一起。我想起這麼理所當然的事實，陷入自我厭惡。

「岡島。」

我聽到聲音回頭，看到拿著竹掃帚、穿著紅色夾克的人。如果我有長尾巴，一定會立刻豎直。

「妳已經搬過來了？研修下星期才開始吧？」

我面對淡淡說話的園長，什麼話都說不出來。

首先得謝謝她錄取我才行。我雖然這麼想，但脫口而出的卻是「為什麼」這三個字。

「請問您為什麼要錄取我？」

這是我真心想要問的問題。我想要知道答案。

園長注視著你，完全沒有眨眼。

「我記得妳。」

撲通。心臟劇烈地跳動，就好像被打到一般突然。園長說的「妳」是指我。

「妳以為我忘記了嗎？我到現在還是清楚記得妳那一天跳進這裡的事。」

大浪湧向我。她記得我。她知道我。驚訝、焦慮與緊張同時壓迫我的內臟。這時彷彿是要擊退這些情感般，從五臟六腑之間湧起疑問。

「為什麼？既然這樣，妳為什麼還要錄取我？」

我已經無法使用正確的敬語，表情一定也變得很激動。我好像又回到小學時代。

「因為妳錯了。」

「什麼？」

如果我有長尾巴，大概已經脫落了。

「妳的愛情是錯誤的。」

無法理解的回答令我困惑。黑豹的眼睛在看著我。雖然可怕，但那是要讓我想起重要事情的眼神。我無言以對，園長轉身繼續掃地。

刷、刷、刷、刷。

聽著一再重複的掃地聲，我仍舊心驚膽跳。

「清川繼續負責照顧鴕鳥，同時也擔任非洲象的副飼育員。」

室內掀起驚訝的聲浪。

「清川，太棒了！」「恭喜！」「你獲得提拔了！」

眾人紛紛祝賀的男子大概就是清川。他臉上掛著謙遜的笑容。

四月以來第一個休園日，所有飼育員被召集到會議室，由副園長發表更換飼育動物的名單。室內籠罩著小學時發表社團分配般興奮期待的氣氛。大家各自或許都懷著某種期待，有人希望能夠照顧特定動物，有人則不想跟特定動物分開。

「智能高的動物很少會更換飼育員。清川還很年輕，所以大家都很驚訝。」

蓮見小聲對我說明。她是個小麥色肌膚的美女，圓圓的眼睛就像飛鼠一樣。開始上班之後的一個星期當中，蓮見教我製作飼料、餵飼料、清掃展場和寢室、管理身體狀況、寫日誌和報告、接待客人等各種工作。今年的新人只有我一個人，因此蓮見幾乎是全程跟著我在指導。

對待動物的方式千差萬別，即使是同一種動物，也會因為不同個體而有難以想像的差異，必須臨機應變，可以說和照顧馴鹿完全不同。我跟著蓮見，以眼睛追隨她的動作。我當然沒有被要求記住所有細節。我必須記住的是忙碌奔波的資深員工處事的方式，也就是如何減少不必要的動作。矛盾的是，一方面必須自行思考有效率的工作方式，另一方面對於動物則不能減少任何看似不必要的細節。動物園的動物和人類不一樣，和家畜或寵物也不一樣。即使看起來可愛，仍舊很危險，看起來危險卻又很纖細，而且所有動物似乎都很膽小。

「唉，教人類真的好輕鬆。」

當我在河馬的寢室灑消毒液之後，蓮見對我說。

這句話除了是要讓我感到輕鬆，同時也是一語中的。我似乎能夠了解，為什麼她這麼年輕就能夠負責照顧危險的河馬，並且教育新人。

「負責照顧棕熊的是什麼樣的人？」

我若無其事地問，蓮見便很自然地回答：

「是超級資深的熊哥和峰姊的搭檔。在我進來之後，就一直沒有換過。」熊哥本名是田村先生，不過似乎因為太適合熊，所以被稱作熊哥。峰姊是女性飼育員裡面最資深的。我雖然避免太貪心，不過還是覺得很難受。新人的我要當上照顧你的飼育員，即使天地倒轉幾次也不可能發生，就連當上副飼育員也不可能。我一邊感到絕望，一邊也試著說服自己：光是當上動物園的飼育員，就算是得到機會了；而且不要在這裡把好運用光也比較好。我自認已經接受命運並等候發表，但是——

「安本和之前一樣，負責照顧北極熊和海豹，另外也繼續擔任企鵝的副飼育員。」

我光是聽到熊這個字就感到緊張。白板逐漸填滿文字，但是我卻沒有被叫到名字。你也沒有被叫到。即使我刻意不去想，仍舊會意識到這一點。

「田村繼續擔任棕熊的飼育員，另外也繼續擔任獾、鹿、鼬鼠的副飼育員。」

我聽到你被點到，身體變得僵硬。雖然沒有更換飼育員，不過還剩下副飼育員的缺。我想起園長引人遐思的話。那個人記得我，所以也許會斟酌我熱切的願望——腦內的自己大聲主張。我望著端坐在前方的園長，握緊的掌心冒出大顆汗水。

「峰姊負責獾和鹿，並擔任山豬和棕熊的副飼育員。跟之前一樣。」

結束了。

我明知沒有希望，但是現在才確定結束了。我的眼前變得漆黑一片。這是和你不一樣的黑色。我被無生命而冰冷的黑影籠罩。抱持期待的自己實在是太貪心、太愚蠢了。七大罪中最被嫌棄的罪惡侵蝕著我。

「別那麼失望。不管是人或動物，與其去愛對方，不如被對方所愛。」

我內心的失望似乎被蓮見察覺了。也就是說，我想要去照顧你這件事也被她發覺了。這就糟了。我挺直背脊，裝出不知道她在說什麼的樣子。

「和喜歡的動物比起來，被指派的動物有時候反而會更契合。」

蓮見露出儼然一副可靠學姊的笑容。

「植木、先田，還有岡島雨子，負責兒童動物園。」

我突然被點到名，而且不知為何是全名。沒有動物名稱，也沒有正副飼育員的區別，當然也沒有訝異的聲音。新人去照顧兒童動物園似乎是天經地義，既不是大逆轉，也不是大爆冷門。

我立即翻閱手中的資料，看到可想而知的名稱：山羊、綿羊、天竺鼠、兔子、鴨子，最後還有象龜。這些幾乎已經算是家畜或寵物了！我用懷恨的眼神看著蓮見，她卻拍拍我的肩膀說：

「恭喜。雖然很辛苦，不過可以得到很好的經驗。」

她輕鬆的態度讓我頭暈。

「到此為止。還有人沒有被點到名嗎？」

沒有人舉手，因此我差一點就想要舉手。

「那麼請負責照顧新動物的人，今天就開始進行交接工作。」

副園長正要作結時，園長無聲地站起來。

「我有一件事想要提醒大家。」

現場瞬間變得悄然無聲。

「不同的動物雖然會有遊客人氣的優劣，不過對我們來說，沒有任何優劣差異。」

我可以感受到周圍緊張的氣氛。或許不是只有我覺得園長的眼睛像黑豹。

「請大家現在就把人氣、明星、提拔之類的詞丟到焚化爐。」

園長說完，踩著「喀、喀、喀」的腳步聲走出會議室。她明明沒有穿高跟鞋，卻發出這樣的聲音，難道是幻聽嗎？我雖然不知道，不過可以確定的是，她在生氣。

沒錯。我被指派去照顧兒童動物園，並不是因為我是新人。蓮見也說過，這份工作很辛苦。基本上，沒有一種動物是照顧起來不辛苦的。

我必須繃緊神經努力才行。我發現自己用力握著資料，不禁想到：咦，不對。繃緊神經？努力？為了什麼？
我不是為了飼育動物而來到這裡的。我的努力只是為了你。其他明明都只是偽裝，只是幌子。

過了兩個星期，我的身體總算開始習慣。
八點半之前到動物園，換上連身工作服，從辦公室的鑰匙盒拿出鑰匙，確認動物沒有異狀，然後各班舉辦朝會。朝會結束，就準備飼料放在外面，把動物從寢室放出來，檢查食慾等各種狀況；稍微感到不對勁，就要向學長姊報告，必要的話還要和獸醫討論。在打掃寢室時，檢查大便狀態也是重要工作。打掃完後就要灑水，並用刷子刷地。每個星期要灑兩次消毒液。我使盡全身力量刷遍地面。
到了九點，大門開啟，遊客就會陸續來臨。兒童動物園位在距離門口很近的地方，小孩子會立刻飛奔過來。在這裡因為可以實際摸到動物，因此小孩子的情緒都很高昂，尤其男生更危險。國中小學生最麻煩，常做的事之一是企圖餵山羊吃紙，常做的事之二是企圖坐到象龜背上，另外也會用胯下去碰綿羊的毛、試圖替鴨子戴上眼鏡等等，做出各種白痴舉動，因此不能大意。即使面對這些惡行，也不能嚴厲懲罰他們，必須注意不能惹他們不開心，實在很麻煩。
體力勞動沒有我想像的辛苦。其他人對我懂得如何用腰部力量感到驚訝。我說我照顧過馴鹿五年，他們便一副恍然大悟的樣子，並且佩服我從高中時期就在當志工，實在是太偉大了。老實說我聽了也很高興，並感謝三太先生和所有馴鹿。

我原本以為動物園除了週六、日以外都很閒，不過因為會有學校遠足，因此平日的瞬間密集度反而更高。管理員雖然有三人，但因是週休二日，所以實質上幾乎只有兩人。雖然都是比較容易照顧的動物，可是因為數量很多，會忙到喘不過氣來。尤其是天竺鼠多達五十二隻，幾乎不可能仔細觀察每一隻，但是植木和先田都絕對不會忽略掉異狀。

到了十一點，就是交流時間。我們把活潑的天竺鼠放到柵欄中，在周圍放置小小的長椅。小孩子在十分鐘前就會來排隊，因此要大聲打招呼：

「大家好～！」

「你好～！」

健康有活力的聲音回應我。我用不輸給他們的聲量大聲宣布注意事項。

「接下來就是跟天天交流的時間！請大家遵守以下宣布的五點約定！」

天天是天竺鼠的總稱。園內的動物幾乎都有取名字，不過畢竟沒辦法替五十二隻一一取名。我盡可能不想稱呼動物的名字，因此滿喜歡天天這個稱呼。

我在十一點整打開柵欄，小孩子就魚貫入場，把天天撈起來。小小的空間裡充斥著笑臉與歡鬧聲。天天有白色、黑色、褐色、淺褐色、灰色，還有集合這些顏色的花斑；毛也有柔軟的直毛或很捲的捲毛。來自美洲、非洲、歐亞大陸、大洋洲的天天就好像全世界的人種齊聚一堂，感覺非常和平；忙碌地四處鑽動的模樣，就連我看到都覺得療癒。

這段時間會有其他區域的人來支援。我仿照學長姊的做法，招呼不敢抱起天竺鼠而不知所措的小孩。連這麼可愛的小動物都害怕，到底是有多純真？實在是太萌了。小男生乖乖地依照我的引導伸出手。天天柔軟的肌膚被小男生柔軟的手掐住，輕易地被抱到胸前。就如日式饅頭抓住大福一般，兩邊的可愛度都不輸彼此。小男孩坐在低矮的長椅上，縮著小小的背撫摸天天。天天也不會害怕，停在小小的大腿上，不會說很舒服或很不舒服，只是任憑擺布。

交流時間一天有兩次，週六和週日有三次。這是動物園的重點活動，不過我們的工作當然不是只有這項。人少的時候，工作也堆積如山，必須做木工、造園、製作讓遊客更了解動物的海報，休園日還得處理文書工作。另外也不是只要照顧自己負責的動物就行了。如果有活動，就會被到處指派，有人請假就得互相支援，更何況對象是活著的動物，會有很多無法依照計畫進行的狀況。小孩子也跟野生動物差不多，要一併照顧也很辛苦。工作時絲毫沒有放鬆的時間，每天晚上我的頭都感到肌肉痠痛。

工作結束，我就會累癱，沒心情做任何事。我到超市買了現成配菜之後，回家就衝到浴室，即使蓮蓬頭出來的水是冷的也不在乎，只想趕快沖掉身上沾滿的泥巴。每次看到混濁的水流向排水口，我就忍不住嘆氣。

我從冰箱拿出麥茶大口大口地喝，然後把媽媽寄來的醃梅子丟到嘴裡。拿紙箱當餐桌吃的晚餐很乏味，不過我的食量卻逐漸增加。我連把碗泡在水裡都懶得做，吃完就立刻躺到床上。廉價床墊不會包覆我的身體。

我好幾次想要寫信給鳩子小姐，但是每次都作罷。她一定會生氣地說，現在不是問候她的時候。

她會說，雨子身邊現在已經有你了。

沒錯，多虧還有這一點，讓我能夠撐過辛苦的勞動和寂寞的獨居。

寂寞？為什麼會寂寞？我在狹窄的陽臺晒衣服時忽然想到。

我明明在你身邊，為什麼會寂寞？

被風吹拂的褪色毛巾，一邊是自由的，另一邊卻不自由。溼溼的毛球撫摸我的手背，感覺很粗糙。

每天到了午休時間，我就會拿起便利商店的便當，換上便服去見你。我不接近柵欄，而是坐在稍遠的長椅上看書，避免被發現我是來看你。

這裡是我最喜歡的場所。栗子樹葉形成恰到好處的樹蔭，而且也很通風——我裝出這樣的表情，假裝專注地在閱讀。

工作結束後，我也裝出想要到處看其他動物來學習的表情，一手拿著筆記本到處遊走。即使你已經被送入寢室，只要來到附近，我就會放慢腳步，用左手感受你的存在，握緊慣用的手不放開。

能夠像這樣感受到你在很近的地方，或許就是寂寞的原因。

在俱知安的時候，或許是因為離得太遠了，所以才能忍受那麼多年。

然而我還得繼續忍耐。正因為能夠進入動物園，我才了解到動物受到很慎重的對待，管理也非常嚴密。我體認到要從這裡救出動物絕非易事，也慶幸自己小時候不知道這樣的現實。如果知道的話，即使只有九歲，我大概也放棄了。

每週兩天的休假我會洗衣服，然後買完東西就面對桌子。在附近買的書桌雖然便宜，不過是漂亮的綠色，讓我產生自己一定能辦到的信心。我打開簿子，整理在工作中記下的筆記。譬如山羊討厭被摸屁股，綿羊的毛色有微妙變化等等。我把不會寫在日誌上的瑣碎細節寫下來。累了的話，我就會在大張圖畫紙上畫園內的地圖並想像。

我會想像帶著你逃脫的路徑、你在籠中生活的現實。我把這些塞入心中，到了早晨就換上鮮紅的T恤。

「雨雨，妳喜歡雪之介嗎？」

今天是休園日。當我花費比平常更久的時間餵天竺鼠時，植木問我。

雨雨——在迎新會上突然被這樣稱呼時，我感到很驚恐，不過現在已經可以假裝不在意了。

「嗯，是的。我喜歡熊。」

反正馬上就會被發現，所以我便老實回答。

「我家小孩也很喜歡。為什麼熊會這麼受歡迎呢？」

她這樣問我，讓我內心有些刺痛。

植木當上飼育員已經十年了。五年前她生下男孩，不過在休完產假之後又回來工作。她動不動就會提到小孩的話題，所以我猜她大概喜歡小孩更勝於動物吧。

我本來想要說，我小時候也想過同樣的問題，不過還是算了。我不希望被追問當時的事情。我默默地餵飼料，植木便探頭看我的臉。

「雨雨，妳為什麼喜歡熊？」

她雖然是個典型開朗快活的人，不過細長的眼睛有時候看起來像弓箭。

「大概是因為很大，而且毛茸茸的吧。」

我回答得很模糊。這是把心一分為二之後習得的技術。模糊地說話，大部分的人也會接受模糊的答案。幾乎沒有人會像我這樣追問為什麼。

「哦，原來妳也有這麼可愛的一面。」

看，植木也接受了模糊的答案。模糊萬歲。正當我感到安心，剛結束灑水的先田走進來，問我：

「雨雨，妳有戀父情結嗎？」

「為什麼？」

「因為體型大又毛茸茸的就喜歡，就是典型的戀父情結女孩吧。」

這個人總是一副把人當傻瓜的態度，可是又理所當然地稱呼我為雨雨，試圖縮短距離。稱呼女性為女孩，就是裝年輕的證據，也是想要把人圈在框框裡的典型。

「我爸的確長得很高，可是沒有毛茸茸的。」

當我想起爸爸的背影，回頭的那個人變成砂村。砂村毛很多嗎？我不知道，不過我記得他總是留著鬍碴。

「不過妳一定很喜歡爸爸吧？」

「也沒有。」

我對先田一口斷定的語氣感到惱火，同時也有點不安。我摸摸沒有活力的天天的肚子，他就發出寂寞的「吱」的叫聲。

「那個……這孩子好像有點虛弱。」

我改變話題，植木便跑過來。先田也湊過來。

「要不要帶到獸醫那裡？」

植木默默地搖頭。

先田說：「是年紀的關係，不是生病。」

長年觀察這些孩子的兩人似乎能掌握大部分的情況。聽到不是生病，我不知道該不該安心，便模稜兩可地點頭。

我呆呆地在你的附近吃飯糰，熊哥開始從柵欄外灑水。今天天氣很熱，氣溫和夏天一樣高，因此我正在為你擔心。由我來說也很奇怪，不過我很想說聲「謝謝」。我把飯糰塞進嘴裡走過去，熊哥便先向我打招呼。

「天氣好熱。」

「這孩子也很熱嗎？」

我心想，這是好機會。為了更接近你，我必須接近熊哥。

「那當然。畢竟是北海道棕熊，一定很難受吧。」

「熊哥，大家為什麼會稱呼你為熊哥？」

我假裝不知道詢問。熊哥用手指壓扁橡皮管的前端，加強出水的力道。

「大概因為我是熊本出身吧。」

「咦？是這樣嗎？」

我得到超出預期的回答，不禁做出普通的反應。

「不過我是北海道出身，卻沒有被稱為北小姐。」

熊哥露出自然的笑容。橡皮管噴出的水畫著漂亮的弧線。你緩緩接近，淋著水花。看起來雖然沒有很舒服，不過似乎也沒有不高興。

「北海道啊……那就跟雪之介同鄉了。」

仔細想想，熊哥當然會知道你來這裡的理由。我感覺到好像有汗水沿著背脊滑下。也許他也知道我的事情。

「熊哥，你是從什麼時候開始負責照顧這孩子？」

「已經是十二年前了。從牠來這裡的時候就一直在照顧。」

果然。我跳下去的那一天，他也許剛好休假。

「當時我和園長搭檔。她後來升官了，可是我還是維持原狀。」

他哈哈大笑，可是我卻笑不出來。我心中浮現當時的回憶。雖然事先沒有計畫，不過我心想就是現在。我打算嘗試獲得熊哥的信任。

「其實我曾經跳到這裡面。」

熊哥看著我。他的表情很溫和，個子不高，身材也很瘦，但是他的臉還是有點像熊。

「我曾經跳到這裡面！」

我為了不輸給橡皮管噴水的聲音，使勁地喊。

「這樣啊。」

熊哥沒有顯出驚訝的表情，打消了我的驚嘆號。

「幸虧妳還活著。」

他瞥了我一眼，然後替池子注入水。

我心想，他果然知道。我什麼話都說不出來。

你默默無言地接近池子，凝視著看起來很冰涼的水。

在園內會聽見全世界的聲音。

從熱帶來的猴子的對話愉快到酷熱的程度。鳥類館吹著南國的風，大象和獅子的咆哮聲則運來荒蕪大地的氣息。這些動物的語言各自不同，而且全憑聽者解釋。山羊、綿羊、鴨子也會發出容易理解的叫聲，不過那也全都是我的主觀想像。即使臉上看起來很快樂，或許其實在煩惱；刺耳的叫聲也有可能是笑聲。究竟是高興還是痛苦、好吃還是不好吃，或者實際上到底有沒有在思考這樣的問題——即使每天相處，我還是無法理解。

砰！砰！

印度犀牛毫不猶豫地用身體撞在無法稱作牆壁的厚水泥上。偶爾傳來的這個重低音，在接近時就會震動地面，搖晃我的身體。脫離現實的角和盔甲般的肌膚，看起來就像恐龍，讓我覺得自己彷彿闖入了侏羅紀世界。平常溫馴的眼睛此刻看起來似乎布滿血絲，不知是不是我的錯覺。那副模樣看起來既不像是在玩耍，也不像是在練習體碰。

北極熊在仿冰塊的水泥上不斷來回走動。沒有發出聲音，只是走路。到了盡頭回轉的動作非常流利，可以感受到累積幾十萬次的經驗，淡然的背影反而讓人心痛。

「這個嘛，應該會有壓力吧。」

我問熊哥，他便悠閒地回答。我心想，壓力跟模糊一樣，是很方便的用語。在書上查，也常常把壓力當成原因。問題明明在於壓力的原因才對。這個原因每個人應該都不一樣，動物更是千差萬別，真的能用同一個詞彙來解釋嗎？

彩虹色的鸚鵡在叫。看起來也像是在哭。

雖然有柵欄，但不是籠子，也沒有網子，更沒有被繩子綁住；然而鸚鵡卻不打算飛走，不打算使用色彩繽紛的美麗翅膀。鸚鵡腦筋很好，所以或許知道在外面沒辦法生存吧？我正為此感傷，這裡的男性飼育員就對我說：

「這個稱作剪羽，把羽毛前端剪掉了。」

我聽了驚訝不已。

鸚鵡不是不願意飛，而是無法飛翔。為了讓鳥不能飛而剪掉羽毛，是我從來沒有想像過的行為。不過這似乎不算虐待。羽毛前端沒有神經或血管，因此就算剪掉似乎也不會痛。

「有很多小鳥會因為飛翔而受傷。因為不知道斟酌力道，往往會撞上籠子。」

蓮見也邊吃三明治邊輕描淡寫地說。這似乎是常識，就連一般養寵物鳥的人好像也會這麼做。

「這是為了那些鸚鵡著想。而且能夠就近觀賞，遊客也會很高興。」

植木似乎也沒有任何疑問，讓我無法釋懷。說什麼為了鸚鵡著想，可是那是以飼養在動物園為前提吧？我心中不斷湧起焦躁感。

「不過這也有正反兩面的說法，所以我也可以理解反對的心情。」

植木說話的時候，峰姊也加入了。峰姊平常沒有化妝，個性也和外表一樣爽快而容易談話，因此我不禁提出真心的疑問——

「可以理解？」

「不過如果討論起來，就會變成動物園本身存在意義的問題了。」

峰姊說話的方式，好像覺得這不是什麼大不了的問題，不過她在私底下或許也有徹底思考過吧。她的眼神和熊哥一模一樣，不愧是背地裡被稱為夫妻的兩人。

原來如此，正因為我也這麼想，所以才沒辦法做出任何反應。

我想起那雙被擅自丟掉的運動鞋。我想到染血的彩虹色。

被剪斷羽毛、無法飛翔的鸚鵡不知道在想什麼。會不會跟你一樣？鸚鵡難道不會對浩瀚的天空抱持想像，希望能夠離開這裡、回到出生的場所嗎？不只是你和鸚鵡，印度犀牛、北極熊、還有其他的所有動物，難道都沒有這樣的願望嗎？

我想要問你，但卻無法問。

在兒童動物園的柵欄內，我的嘆息就好像被溫暖的羊毛吸收般消失。即使什麼都不做，時間也會繼續流逝。懷著無法解決的疑問，仍得忙著處理每一天的工作，這一點大概就和世間其他的社會人士相同，而這種普通的感覺讓我厭惡。過了幾個月，我也大致習得了工作方式。由於面對的是動物，因此不會有相同的每一天；今天發生狀況的處理方式未必明天也管用，會產生變化，也會有苦有樂，不過基本的思考方式只有一個。

那就是珍惜動物的生命，珍惜遊客的笑容。

雖然這樣的說法似乎很好聽，但是把動物關在籠裡說要珍惜，到底是什麼意思？

每當看到輕易死亡的天天，我就會掉入同樣的坑洞裡。

天天的平均壽命大約是五年，因為有五十隻以上，所以每個月大概會死掉一隻。這個頻率不會偏離統計，令我感到恐怖，每次胸口都會感到疼痛。雖然有獸醫仔細解剖，但是壽命這個無可奈何的死因不容許我們悲嘆。天天被埋葬在後院的「所有動物之墓」，三人在墓前合掌，不過沒有時間傷心。

「好了，工作工作。」

我瞪著好像什麼事都沒發生般走在前方的先田背影，植木便拍拍我的背說：

「要把這份心意化作燃料。」

我回到日常業務，在日誌上只寫了死亡的事實和死因，並改變總數。這樣的工作沒有感情介入的空間，因此回到家後，我便在筆記本上大書特書心中的感想。我畫了死掉的天天，剩餘的地方留白，然後打開下一頁。

因為有這麼多的數量，因此和死掉的孩子相較，新生的孩子更多，而後者仍舊令人高興。每當新生命誕生，飼育員就會深受感動，覺得做這份工作真的太棒了。處在生命循環正中央的喜悅，是我也能體會的。

為了你而採取的行動，目前只有接近熊哥夫妻而已，我至今連你的欄舍都還沒有進去過。就跟一再來回走動的北極熊一樣，就職之後一口氣接近的距離到此完全停止。接近的速度比亞達伯拉象龜「德川先生」走路的速度還要慢，大概等於他吃的高麗菜上面的毛毛蟲速度。但最大的問題不在於緩慢的速度，而在於習慣如此緩慢的自己。沒有任何事比習慣於毫無進展的日常更可怕。

再加上仙台的夏天比俱知安酷熱許多，更讓我感到焦躁。綿羊即使剪了毛，仍舊顯得很難受，山羊則懶洋洋地不願走動。德川先生一直待在水裡。我們自己要補充水分很簡單，但是要替動物補充水分則是相當吃重的勞動。我在頭昏腦脹的同時，打心底同情北極熊和企鵝。

你也一樣。想到你應該很想念涼爽的羊蹄山，我的胃底就開始抽痛。閉園之後的園內，熱氣隨著喧囂一起消退，但仿岩假山即使在日落之後仍舊散發熱氣。我難以直視火紅的夕陽，轉身背對太陽開始走。我為了療癒眼睛，望向水邊，河馬仍舊趴著，蓮見和獸醫也在附近。我在獸醫身旁看到一名男子的背影，停下腳步。

「辛苦了。」

蓮見注意到我，舉起手打招呼。在她旁邊的淡色頭髮輕盈地搖曳。

那個人轉身。是那智。

重逢這個詞令人羞恥到異常的地步，就好像蜈蚣的幼蟲跑進鼻孔裡，超越發癢的難耐感覺直衝腦際。

「真難得！竟然會在這麼偶然的情況下重逢！這是命運的安排吧？」

喝醉的蓮見煽動的句子讓我打心底覺得很煩，不過我卻希望她一直待在這裡。我不敢相信在距離動物園不遠的居酒屋，那智坐在我對面。我只能對蓮見說的話吐槽，而那智似乎也一樣。

「好久不見。」

除了從河馬柵欄另一邊低聲說的這句話之外，直到現在我只聽到他對蓮見說話。

我不好意思看長大的那智，但是讓他看長大的我感覺更不好意思。我不想和他四目相交，不過如果垂下視線就好像在認輸。他或許會質疑以前的我跑到哪裡去了，這樣也很討厭，所以很麻煩。我覺得自己太難搞了，只好一再用烏龍茶把不夠鹹的毛豆沖到胃裡。

那智在東京上大學，而且目標竟然是要成為獸醫。教授替他介紹我們動物園的獸醫，因此他便來這裡研修一個星期。

「你們兩個怎麼都不說話？你們以前不是好朋友嗎？」

蓮見此刻對那智也用親暱的口吻說話。我向她點了水。

「雖然說是好朋友，嗯～怎麼說呢？我也不知道。」

那智對於喝醉的蓮見也很仔細地回應，並且終於吃完前菜的拌青菜。進入店裡已經過了快要一小時，他才總算吃完。連殘留在盤中的芝麻都靈巧地撈起來的模樣，讓我覺得他還是沒變。

「我要上廁所。」

蓮見特地舉手說。我扶她起身，她便揮手跟我說不用了。我被推回椅子上，只剩下我和那智兩人。我不知道該怎麼辦。沉默令我難以忍受。

「你過得怎麼樣？」

我無奈地發問，但是問題實在是太陳腐了，讓我感到討厭。唉，我已經墮落為當時自己厭惡的普通大人了。想到這裡，我就難為情地對著小菜的盤子嘆氣。

「很好。小雨，妳呢？」

小雨。那智這樣稱呼我。用和當時一樣的語調、同樣的節奏和音量。我變了這麼多，但是那智卻一點都沒有變。

「很好。」

我只這樣回答，那智便「噗哧」地笑了。

「妳還是沒變。」

「真的？你為什麼這麼想？」

我對於忍不住湊上前的自己感到羞愧，不過此刻也沒辦法改變姿勢了。

「為什麼？像是問這個問題，就跟以前一樣。」

「啊。」

我發出愚蠢的聲音。那智眼睛發亮，對我說：

「妳還沒畢業就錄取飼育員，實在是太厲害了。我也得向妳學習才行。我雖然想要當獸醫，不過真正想當的是動物園的獸醫。」

我彷彿一口氣喝下眼前的清酒般，臉部頓時發燙。就算想要隱藏，也沒辦法藏起來，只好姑且把眼前的串燒雞塞入嘴裡。

「所以說，當我知道小雨也在追求同樣的目標，除了感到很驚訝，也覺得妳好厲害，已經走在那麼前面了。」

串燒的竹籤刺到我的嘴裡。他雖然說是同樣的目標，但是飼育員和獸醫差很多。我想要如此否定，卻說不出話來。嘴裡有鐵的味道，也許是流血了。

「不過我現在覺得，既然是小雨，就沒什麼好驚訝的。因為我總是追隨著小雨的背影。」

真是不可思議。這個人為什麼能夠毫不害臊地、邊喝芒果汁邊說出這種話？簡直就比宇宙起源還要不可思議。多虧心中產生疑問，讓我總算明白自己的情感。該怎麼說呢？聽到他這麼說而感到高興的心情、難受的心情，還有不知道是哪一邊的心情全都混在一起，彷彿要溢出來一般。

我左手握著溼毛巾，右手拿起蓮見的清酒喝下去。這是我第一次喝清酒。說得更精確一些，是我第一次喝酒。我這輩子首度嘗到酒精的滋味。

「原來妳會喝酒。」

「怎麼可能會喝！」

我憑著氣勢站起來，衝到洗手間。我假裝想吐，逃離那智面前。我穿過暖簾，發現兩間洗手間都是空的。咦？蓮見呢？我緊張地退回原路，在座位上只看到那智的背影。到處都不見蓮見的影子。她該不會已經回去了？

我在洗手臺用水冷卻臉。鏡中自己的臉和眼睛都很紅，大概不是因為酒精的關係。我回到洗手間，坐著思考。怎麼辦？他說那種話，我不知道該怎麼回應。只剩下兩人，接下來我該怎麼做？結帳怎麼辦？各付各的嗎？蓮見的部分呢？應該要由我來付嗎？我試著思考這方面的問題，減輕內心的緊張。如果拖太久，會被以為是在上大號，所以我調整呼吸，回到座位。

「蓮見沒有在洗手間。」

「咦？」

「她好像先回去了。」

確認過她的包包也不見了之後，那智又噗哧地笑了。

為什麼要笑？

我沒辦法問出口，只能伸出筷子去碰還沒有吃的拌青菜。

我在睡眠不足的狀態下迎接第二天。不只是睡眠不足，事實上我徹夜未眠。我雖然躺在棉被裡，但卻睡不著，雙眼下方出現黑眼圈，讓我幾乎想要自七五三

（註20）以來人生第二度化妝。見到的人都擔心地問我怎麼了。我輕描淡寫地回答「沒什麼，不要緊」，不過這不是說謊，我的身體真的不要緊。幾個月以來鍛鍊的肉體不會受到影響，長年鏟雪、照顧馴鹿而練就的腰力也還健在。我不會昏昏欲睡，身體也很輕鬆。內心呢？這一點我就不知道了，不過感覺並不沉重。

「小雨，在那之後妳怎麼了？」

昨天兩人被留在居酒屋之後，那智若無其事地問我。

「在那之後」指的是在我家附近一句話都說不出來就離別之後。我想起當時那智的臉，宛若爆發般開始說話。

我告訴他決定當飼育員的事、鳩子小姐的事、馴鹿公園的事、動物世界的事、爸爸和媽媽的事；就連砂村的事，我原本不想說，不知不覺還是說了出來。因為避開了關鍵的你的事，所以話題大概變得像蛇一樣歪七扭八；因為沒有背脊，所以大概很難抓到要領，聽起來很無聊。模糊根源與目的的人生故事，或許完全無法和我的人格連結。即使如此，我還是能聊到第一班車出發的時刻，是因為那智沒有說出關鍵的事。

註20　七五三：日本小孩子在三歲、五歲、七歲時會到神社參加慶祝孩童成長的儀式，稱為七五三，往往會讓小孩穿和服並化妝。

他沒有提出「為什麼」這個詞，沒有提出疑問、質疑。如果我被問到這個問題，就不得不提到你。

那智明明知道我想要當飼育員的契機，卻沒有問任何問題。這樣的體貼讓我高興，同時也難過，就和那時候一樣——在保健室的那時候。我或許一直都只是在原地繞圈圈而已，永遠來回走動。

我們走出居酒屋，坐在公園的長椅上。我聽那智聊了很多。那智因為父親工作調動，搬到東京。那裡和俱知安是完全不同的世界，語言、空氣、人、走路速度、午餐內容、牛奶盒的形狀都不一樣，讓他感到相當困惑。不過他沒有焦急，一步步適應世界的變化。過了兩年左右，這回又搬到博多。炎熱的氣候和當地人的熱情，讓他全年都像中暑般頭暈，一直很想再回到俱知安。

我聽他這麼說，感到很高興，到便利商店買了板狀巧克力。我買的是比較高級、要價兩百八十圓的巧克力。我把巧克力折成兩半，兩塊的大小不一樣。當我正在猶豫該給那智哪一塊，他便拿了右手中比較小的那一塊。

「在博多要是像這樣收到別人給的巧克力，會被提醒要趕快吃完，否則就會融化。」

「哦。在東京呢？」

「也會被提醒要趕快吃完。在東京，感覺大家都活得很倉促。」

那智邊說邊讓巧克力在口中緩緩融化。

「哦。」

我模糊地回答，這回輪到那智問我：

「在俱知安不知道會怎麼樣。」

「應該會好好收藏起來，為冬天做準備吧？」

我隨口回答，那智沒有說什麼。看到他珍惜地吃巧克力的側臉很像小學生，我也說不出話來了。

「不過到了國三，又搬到東京了。真的很討厭。」

那智以抱怨的口吻說。他的眼中流露出大人的寂寞，讓我有些哀傷。

今天很熱。原本應該住在寒冷地帶的動物看起來都很難受。午休時間，我照例在同一張長椅上拿出三明治，卻完全沒有胃口。

「辛苦了。」

有人對我打招呼。我回頭，看到是那智。

「妳昨天都沒睡吧？不要緊嗎？」

那智坐在我旁邊拿出便當，從冰凍的寶特瓶喝了一口麥茶，然後遞給我說：

「這很冰喔。小雨，妳要喝嗎？」

我嚇得站起來，冷冷地說：

「才不要。」

那智露出詫異的表情。他真的好像跟小學時一樣。不知為何，我的臉在發燙。是我太在意了嗎？我不想讓他看到我的臉，因此立刻轉身背對他。

我站在柵欄前方，你正在池子裡泡水。這麼熱的天氣果然很難熬吧？你把下巴放在池子邊緣，身體無力地沉在水裡。碰到黑色的柵欄，就像被燙傷般炙熱，讓我相當心疼。我很想對你道歉，但是因為那智來到我旁邊，因此我沒辦法說出口。我在內心說「對不起」，但是當然無法讓你聽見。水面上漂浮著蟲子的屍體。我不知道是柵欄讓手發燙，還是手讓柵欄發燙。

這樣下去不行，必須要做出改變。

也許那智能夠對不斷在原地繞圈圈的我伸出援手。

「那智，你為什麼想要當獸醫？」

我問出一直忍住沒問的問題，那智便開始談起過去：

「以前我家附近有隻貓。我很喜歡那隻貓，常常在一起玩，可是牠卻突然不見了。我不知道是發生意外或是生病，不過我想到，如果我是獸醫，或許就能救那樣的貓了。」

「那你為什麼想當動物園的獸醫？」

「我不知道。」

他只有這樣回答。這句話的每一個字彷彿都因為熱度而融化般，黏膩地進入耳朵深處。

我沉默不語。我只是默默地望著你，等候那智的問題。

妳為什麼想要成為飼育員？

如果他這麼問，我會說出真實的答案。我會在你的眼前，毫無隱瞞地說出自己的目的，說出自己為什麼要來這裡工作。

我希望能夠得到那智的協助。

因為那智沒有問任何問題，所以我不知道自己會不會連這一點都說出來。景色變得扭曲，但是我曉得不是因為炎熱的日照。

過了一星期，我們很自然地在家庭餐廳、在公園、在咖啡廳一起度過，就好像從以前就是如此般一直聊天。只有最重要的目的，我仍舊沒有說出來。

那智回東京的那一天剛好是公休日，因此我們便以遊客身分一起逛動物園。

那智一再表示擔心花見。花見是蓮見照顧的母河馬。雖然沒有生病的症狀，但是最近食慾似乎降低了。

「如果是生病，還可以擬定對策和治療方式。最可怕的是不知道原因。」

因。

蓮見也這麼說，一直顯得很擔心。這或許也是她在居酒屋喝到酩酊大醉的原因。

「應該是感受到某種壓力，可是卻不知道壓力的原因。」

那智說的不是蓮見，而是花見。不過花見在這裡出生長大，生活了七年，過去似乎都過得很自在，因此無法找出突然感受到壓力的原因。看花見在水中活動的模樣，也和平常沒什麼不一樣。

「不要緊嗎？」

我走近花見詢問，但當然沒有得到回應。從近處看，我為她的美貌而驚訝。瞳孔的藍色就如深海般，肌膚彷彿能夠擁抱所有水滴般細緻。

我心想，她是個大美女。

那智的眼中浮現出想要幫助花見的心願。

我原本期待那智能夠幫我救出你，並且相信在這裡重逢是因為命運的安排，但我很快就明白，這種想法只是幻想而已。當我看到那智念書的筆記本，就發覺到這只是我一廂情願的希望。

那智為了成為獸醫而拚命讀書。他的筆記本上，有許多即使是讀遍動物學書籍的我也不懂的用語，而且基本上和我記筆記的方法完全不同，非常仔細。我的讀書方式只是為了成為飼育員，當上飼育員之後忘掉也沒關係，但那智卻不一樣。他的每一個字的筆壓，感覺都好像灌注了信念。

救出你等於是犯罪行為。

我不能把那智捲進來。

我現在才發覺這一點，不由得全身發抖。

或許也因為如此，當那智要回東京的時候，我只有送他到動物園門口。

那智背著塞滿東西、看起來很沉重的背包，面帶笑容對我說。

「我會再過來。」

「再見。」

我只是揮手。就像小學時跟他說「明天見」的感覺。

我目送那智越來越小的背影，然後獨自走在園內。

景色似乎跟剛剛變得不一樣。當我望著在猴山跳躍的紅屁股，自己的屁股開始震動。我拿出手機，卻沒有接收到任何訊息。即使如此卻感受到震動的情況很常見，讓我覺得通訊機器就好像生物一樣。

聯絡人當中有爸爸、媽媽、不動產仲介公司、動物園、蓮見、植木、先田、還有最近加入的那智的名字。這是我被媽媽說服而買下的第一支手機，因為覺得不好意思，所以選了折疊式的。雖然不討厭打開時發出「啪咔」的聲音，但是電話和簡訊都是來自媽媽，每個月支付幾千圓真的很浪費，所以我差不多想要解約了。

我進入無尾熊館，在黑暗中屁股又在震動。這次不是錯覺，而是收到那智的簡訊。

『這段期間真的很謝謝妳。看到努力的小雨，我也覺得自己應該更努力。』

和媽媽的簡訊不同，非常簡潔。因為沒有貼圖，所以彷彿聽得見聲音。

我打了『謝謝』，停下手指。我的大拇指感到麻痺般的疼痛。

我根本沒有努力做任何事。我只是裝出努力的樣子，實際上什麼都沒有做到。我甚至差點要為了你而利用那智，根本不值得感謝。雖然我這麼想，但也不能直接回覆，也不知道該打什麼。於是我又開始猶豫不決地煩惱。

我失去氣力，癱坐在長椅上。我有些羨慕一整天幾乎都在睡覺、卻得到寬容的無尾熊。當我呆呆地望著一動也不動的睡臉，眼角瞥見鮮豔的黃色。

一名女孩正在圖畫紙上畫黃色的無尾熊。她大概是小學三、四年級，雖然年紀很小，但臉孔卻很漂亮，具有應該稱作少女而不是女孩的氣質。

「好厲害。顏色很漂亮。」

我不禁開口。少女看也不看我一眼，回答：

「才沒有。真正的無尾熊更漂亮。」

這孩子說的話很妙，不過我非常能夠理解。看著無尾熊的眼睛顯得有些寂寞。

「妳一個人嗎？媽媽或是爸爸呢？」

「媽媽在和新的男朋友約會。他們說要在仙台觀光。」

我得到意想不到的答案，想起以前的我。當媽媽和爸爸在觀光的時候，我一整天都待在你的旁邊。

「這樣啊。很寂寞吧？」

我看著無尾熊喃喃地說。

「我才不寂寞。」

輕盈搖晃的長髮看起來像螢火蟲般閃了一下。

「在這裡就不會寂寞。」

少女在說這句話的同時，又開始用粉紅色塗無尾熊。

我原本以為她跟我很像，但是完全不一樣。少女的眼神清澈透明，所以才能染成彩虹色。在她的眼中，灰色的無尾熊看起來大概是粉紅色或黃色吧。

我開始覺得，現在自己拚命努力工作，或許也不是白費力氣。

「謝謝。我也會努力。」

我以對少女說話的心情，傳簡訊給那智。

我不知道能夠表達多少心意。雖然不覺得能夠傳達，但是沒關係，沒有傳達也沒關係。重要的是我的行動。

「謝謝。」

我對連名字都不知道的女孩道謝，走出動物園。

希望那孩子能夠得到幸福。我邊想邊眺望住宅區的一棟棟房子。從屋內傳來稚氣的鋼琴音色、煎魚的氣味，新建築雪白的牆壁直接反射夕陽，感覺很刺眼。理所當然地散播的幸福，感覺就如月亮一樣遙遠。我心想，今後自己的人生大概和溫暖的家庭無緣吧。

我注意到小小的卡車，停下腳步。七福神圍繞著卡車站立。與住宅區格格不入的異物感，讓我把自己投射在上面。

這裡似乎是石材店，另外還有大小不一的各種石像。笑咪咪的神明旁邊站著麵包超人，讓我想到「原來你也是神明啊」，感覺具有莫名的說服力；硬邦邦的臉頰雖然不能吃，但彷彿分享了甜蜜的紅豆餡給我。

到了冬天，我正覺得身心稍微變得輕鬆的時候——

「來，這是你最喜歡的蜂蜜。不要的話就不給你囉！」

當我用推車搬運大量乾草時，聽到熊哥在柵欄外大聲喊。他把蜂蜜放在面前，誘導你出來。你從黑暗的門後方探出頭，緩緩地走出來，無奈地開始舔蜂蜜。

「乖。」

熊哥好像鬆了一口氣，笑著走入欄舍，但是你看起來似乎並沒有對蜂蜜感到特別高興。該不會是身體出狀況了？

「早安。」

我對你打招呼，你便發出無力的聲音：

「我想睡覺。」

一大早就想睡覺？是睡眠不足？壓力？好不容易得到的蜂蜜都沒有減少。仔細看，你似乎變瘦了。我焦急地把手放在柵欄上。通往寢室的鐵欄杆是關上的，熊哥在裡面開始清掃。

「熊哥，這孩子是不是身體狀況不太好？」

「哦，不，不是，只是想睡覺而已。」

不愧是熊哥，沒有說錯。

「可是看起來好像也變瘦了，不要緊嗎？」

「不要緊。照理來說現在應該是冬眠的季節。每年到了冬天，食慾就會減少，變得常常睡覺。」

「冬眠。」

我喃喃說出同樣的詞。

「在這裡沒辦法讓他冬眠，所以才要用蜂蜜引誘出來。話說回來，妳還真了解這傢伙。」

熊哥從鐵欄杆另一邊對我笑。

你把蜂蜜剩下來，緩緩進入岩石的陰影。或許是身體感覺很沉重，我聽見拖著腳步的聲音。

冬眠。我明明滿腦子想著你，卻忘了這麼重要的事。因為每天見到你，所以沒有發覺到你慢慢地變得削瘦。

午休時間，我去拜訪熊哥，他便告訴我不能讓熊冬眠的理由。

第一是物理上很困難。在熱鬧的動物園，如果要屏蔽聲音，必須建造隔音的寢室。要準備安靜、黑暗、配備冷氣的寢室，勢必要重建才有可能辦到，簡單地說就是錢的問題。另一點則更簡單，而且是更深刻的理由。

「而且就算想讓他冬眠，也會被批評說，動物睡著就失去動物園的意義了。」

熊哥或許內心也有糾葛，停下吃愛妻便當的筷子。

午休結束後，我仍舊沒辦法切換心情。山羊趁我在發呆的時候吃了園內地圖，害我被先田怒叱。

「妳在睡覺嗎？」被這樣質問，我也只能道歉。

想睡卻不被容許睡覺，不知道有多痛苦。我想要早點放你出來。我想要救你。雖然這麼想，但是倶知安已經非常寒冷。如果在沒有飽餐的狀態下冬眠，你大概就沒辦法再醒來了。

即使如此，我也不能不想辦法。

園內規定每晚都要有一人值班。四十多名飼育員會依照順序輪流值班，不過我因為是新人，所以不會被指派值夜班。也因此，我只好在休假的前一天申請夜班，理由是為了觀察動物的夜間行動。我寫了強有力的謊言。

「你們一直在這裡生活，不會很難受嗎？」

我詢問各自不斷鑽動的天天，但沒有得到回答。他們溫和的眼中沒有浮現疑問的神色。也許他們連一直這個詞、活著的意義都不知道。

隨著外面的天色逐漸暗下來，天天一隻又一隻地睡著了。睡意緩慢傳染的模樣很可愛，讓我不禁用手機拍下照片。我不知道他們是家人還是朋友，不過看到和眾多夥伴擠在一起生活的景象，就覺得很幸福。話說回來，這是人類擅自想像的幸福狀態，應該也有覺得獨處比較幸福的動物吧。

天天之後是山羊和綿羊。我花時間慢慢地觀察寢室。

「晚安。」

我對兔子說話，兔子就舒適地進入夢鄉，肚子鼓起來又凹下去。這個動作看起來很舒服，讓我首度覺得自己或許喜歡動物。

這孩子也取了有模有樣的名字，叫作豆助，不過我避免稱呼這個名字。和植木他們對話時，我會使用名字，不過除此之外我會避免使用。

「德川先生，你喜歡晚上嗎？」

因為比我長壽，所以只有他是特例。雖然沒有任何保證，不過看到他不為任何事物所動的態度，就會讓我得到暫時的安心，所以我也很常對他說話。

到了十二點，我便躡手躡腳地在黑暗的園內走向側門。我確認警衛坐在鐵皮小屋裡，然後走向辦公室。

雖然說是值班，但是通常不會在夜晚的園內巡邏。如果拿著手電筒到處走，就會不小心刺激到動物，因此值班只是為了發生意外時待命，其他時間都在辦公室自由打發時間。當我進入辦公室，果然看到負責照顧狸貓和鼬鼠的藤澤在榻榻米房間看漫畫。我打過招呼，一邊適度聊天，一邊打開牆上的鑰匙盒，偷偷拿出寫著棕熊的鑰匙。

「妳有看到什麼異常行動嗎？」

藤澤這樣問我，但視線依舊朝著漫畫。

「沒有。我沒有看到任何異常，所以也放心了。」

我把鑰匙藏在口袋裡，嘴裡含著並不想喝的茶，走出辦公室。

你的欄舍鑰匙閃爍著深灰色的光芒，鮮明地映照出成為犯罪者的我。我已經無法回頭。或者應該說，我不想回頭。我像小時候一樣，不斷把腳往前踏出去，走在只有人類消失的園內。

沉睡的動物大概正在做飛翔在天空的夢吧。夜行性動物則或許注視著無法奔馳在大自然中的現實。

兩者都只是主觀想像，不過夜晚的動物園感覺充滿了悲哀。

棕熊在園內被當成最危險的猛獸之一。彷彿是為了證明這一點，為了見你必須解除五道鎖。我把圓筒鑰匙插入欄舍後方的厚重鐵門。打開這道鐵門，就是格子狀的雙重門，上面掛著兩道巨大的掛鎖。

裡面比我想像的要來得狹窄。只有一顆小小的鎢絲燈泡，以橘色燈光照亮走廊。盡頭是飼育員出入放養場的門，右側一整片是你的寢室。這裡的門也是鐵欄杆，並排掛著兩道掛鎖。我從鐵條間的空隙凝視，看到你在黑暗中睡覺。

這間寢室有六個榻榻米大，以水泥包圍，沒有鋪稻草或任何東西，除了剩餘的蔬菜屑和裝了水的水桶以外，什麼都沒有，看起來就像監獄一樣。

你把臉貼在地板上，搖晃著肩膀。雖然和天天及兔子一樣，呼吸頻率很安穩，但是卻有哪裡不一樣。是我的眼睛不一樣。我的眼睛把你看成和其他任何東西都不一樣的存在。

鐵欄杆的鐵條很粗，看起來堅固無比地擋在眼前。飼育員進入寢室的時候，一定要將你釋放到外面的放養場，透過遠距操作關上隔絕內外的門。自己進入放養場時則剛好相反，一定要將你關在寢室，然後從別的門進入。人類被嚴禁和你進入同樣的空間，即使是照顧十二年的熊哥，也不能直接接觸你。

然而我卻毫不猶豫地把鑰匙插入掛鎖。我緩緩打開兩道掛鎖，把手放在鐵欄杆上。

即使醒來了，你一定也不會攻擊我。如果被攻擊，就意味著你憎恨我，那麼我就算被殺也無可奈何。

我把冰冷的鐵欄杆往旁邊拉，輕易打開門。因為太過簡單，我有些困惑地把腳踏進去。

你沒有動。不，背部以一定的頻率在動。空氣被吸入，然後吐出來。這樣的反覆一方面讓我感到安心，一方面也感到某種寂寞。

我放輕腳步。

為了避免吵醒好不容易在睡覺的你，我盡量放輕腳步。

我用有生以來最安靜的動作伸出手，摸你的身體。

一根根毛搔著我的手掌。毛並不軟，強韌而有彈性，強有力的生命直達毛尖。

你沒有起來。即使我來到旁邊，仍舊在睡覺。

巨大的手掌前端，有彷彿能夠撕裂任何東西的爪子，感覺帶著神聖的氣息，大方而溫柔。

我閉上眼睛，感受這一切。我提升所有感官的敏銳度，不想要放過任一細節，但心跳在妨礙我。我的心臟持續發出聲音。

「妳總算來了。」

我聽到細微的聲音張開眼睛，你已經醒了。

「妳是來救我的吧？」

你的眼睛閃閃發光。

「我可以出去了嗎？」

我搖頭。

「還不行。」

「還不行？」

你問我，眼睛仍舊閃閃發光。

「對不起。」

我低聲道歉，你沒有任何回答。

你只是默默地盯著我。

「對不起。」

我為了沒有注意到你變瘦而道歉。

「對不起。」

我總是只能說對不起。
我害你的媽媽死了。
眼淚落在你的手臂。
對不起。很冷吧？
對不起。像這樣道歉，也只會造成困擾吧？
對不起。我自己哭了。
想哭的明明是你。
「走吧？」
你問我。聲音雖然溫柔，但我卻無法移動。
「走吧。」
你動了。你站起來。站在眼前的你如此巨大，讓我雙腳癱軟。
「不行，還不能去。」
我擠出聲音。
「為什麼？」
你的眼睛是黑色的，已經沒有閃閃發光。
「現在是冬天，什麼都沒有，也沒有食物。」
「不行，我得回去。」

你對我要求，眼中的光芒顏色和先前明顯不同。

「還不行。再等一下。」

我顫抖著聲音站起來，巨大的手便抓住我的手。我的手臂被吸入你的手指之間，身體隨之浮在空中。你踏出腳步，我被極大的力氣拖著走。我完全無力抵抗，也發不出聲音。

來到鐵欄杆外面時，欄舍的門被用力打開，園長站在那裡。

園長蒼白著臉瞪著你。不，她也許是在瞪我。我沒辦法做任何反應，手臂雖然快要被扯斷了，但是你卻不肯放開我。我因為太過疼痛，甚至連叫都叫不出來。紅色的東西噴出來——是血。爪子嵌入我的手臂。你想要直接把我拖到外面。園長則擋在前方。

「回去。」

園長以黑豹般的眼睛威嚇你，發出凶猛的吼聲。

然而你並不退縮，拖著滿身是血的我繼續走，另一隻手則揮開園長的身體。她的胸口被撕傷，瘦瘦的身體被打在牆壁上。在鮮血噴出來的瞬間，你跑到外面，帶著我跑在染成紅黑色的暗夜中。你在咆哮、在逃亡、在奔跑。風切開我的眼睛，視野變得模糊。我會死。人生即將如此輕易地結束。黑夜籠罩著我。我被拋出去。當全身肌肉變得僵硬的瞬間，我感受到些許刺眼的光芒。

景色沒有在動，是靜止的。我檢視手臂，沒有流血。視野明明很開闊，眼前卻是黑色的。

是你。

你蠕動了一下。我在你背後靠在牆上做了夢。

你站起來俯視我。我的心臟再度差點跳出來，連忙往後跳，逃到鐵欄杆外面。

你看著我，走過來。我立刻關上鐵欄杆，發出非常巨大的聲響。

即便如此，你還是走過來，站在鐵欄杆前方看著我。

「為什麼？」

你這樣問。

地面發出聲音在震動。這是我聽過的聲音。你的後方出現鐵路，火車正在接近。眼前有操縱桿。只要拉起它，打開鐵欄杆，就可以救你。但是——

「為什麼要關起來？」

你在問我。你想要從這裡出去。你以為我是來救你的。

然而我卻無法拉起操縱桿。

即使火車逼近，我仍舊只能佇立在原地。

「為什麼？」

清透的聲音響起，火車無力地消失了。

四周再度恢復靜寂。

對不起。

明明是說過無數次的話，嘴巴卻無法隨心所欲地活動。我勉強能夠呼吸，轉身鎖起掛鎖。

你和我的世界被鐵欄杆隔絕。我為鴻溝之深而愕然，但這全都起因於自己。是我自己關上了鐵欄杆。

我拋棄了最重要的你，走出欄舍。

我擦拭眼睛，冰冷得像某天的雨水。

我沒有想到這麼快就會回到俱知安。

在那之後，我立刻回家淋浴。這樣做感覺好像在洗掉你的溫暖，讓我感到悲傷，但是和先前發生的事比起來，這種事根本不算什麼。我沒有睡覺就換上衣服，搭乘第一班車前往仙台機場。我並沒有感到緊張。即使起飛時晃動，我也沒有流汗，抵達北海道時也沒有任何感慨。即使呼氣變得很白，身體感到驚訝，心中也沒有任何感覺。

我不知道填滿胸口的是後悔還是自責，也沒有發覺到兩者是同樣的情感。在搭乘電車時，我只感受到虛無感襲來。不知不覺中，我就在俱知安站的月臺下車，穿過熟悉的驗票口。

當我聽見鴿子倉促的拍翅聲，才終於恢復意識。

我看到鳩子小姐的背影。我踩著地面上的薄雪跑過去。

「未免也太早了吧？」

鳩子小姐說。我知道她不會驚訝，也不會高興。像這樣逃亡般跑回來，大概也只會被她罵。我雖然這麼想，但卻只能來這裡。

「怎麼辦？」

想要對她說的話沒辦法整理出頭緒，只能說出這句話。看到等著我繼續說下去的鳩子小姐，我又快要哭出來。我內心只覺得很感謝鳩子小姐在這裡。我咬住嘴唇，然後緩緩地說：

「我逃離了你。」

鳩子小姐沒有說話，也沒有問我問題，只是用眼神對我示意：說說看吧。這個過於安靜的回應，讓黏在我喉嚨上的東西瞬間剝落。從深夜一直累積的膿般的塊狀紛紛掉落。我吐出了許多話，但我想說的幾乎只有一件事。光是那一件事，就把我的內心攪得亂七八糟。

過去我一直為了救你而生活。

可是到底是怎麼回事？

我被拖著走而流血，園長被殺害，無疑已經死了——我數次想要以做了這樣的夢為藉口，但是卻不行。這個夢也是我自己創造出來的。我對於無意識中懷有這種想像的自己感到無比憎惡。我的胸口好像被撕裂般疼痛。

我竟然會覺得你很可怕。

這樣一來就跟射殺你媽媽的那些大叔一樣。

和慶幸你媽媽被殺的鎮上居民一樣。

「這樣啊。」

鳩子小姐的回答細微到幾乎被風聲掩蓋。

她從口袋拿出麵包，撕了一半伸向我。

「給妳。」

我接過麵包。麵包就像泡泡般輕盈，彷彿碰到就會破掉，但是不去抓又會飛走。

她的意思大概是要我餵鴿子，但是我卻毫不猶豫而粗魯地把麵包塞入嘴裡。新雪般的麵包降落在乾燥的舌頭上。即使不動嘴巴，麵包也逐漸融化。淡淡的甜味傳遍體內，背上彷彿生出翅膀般浮起來。羊蹄山很近。我感覺自己的身體彷彿化為碎片，掉落並堆積在山頂上。

次日也放假，因此我有足夠的時間住宿一晚。即便如此，我仍舊沒有回老家，不是因為不想見媽媽和爸爸，而是因為不想撒更多謊。

為了救你，我一定得說謊，而我對自己越來越習慣說謊感到恐怖。我害怕變成能夠輕易說謊的人。我知道為了你，不能在意這種事，但是我還是決定要盡量減少謊言。

我從電車上望著小樽的海，手機響了。我感到緊張。會讓手機響起來的只有媽媽。我邊吁氣邊檢視畫面，看到蓮見傳來的簡訊。

『花見死了。』

方形的字體看起來像是在求救。

抵達仙台站時，已經是二十二點。我沒有先回家，直接前往動物園。

我不知道該如何回覆簡訊，在猶豫中就到達仙台機場，結果一直沒有回覆就到了動物園。見到蓮見之後，我大概更加說不出任何話。不過我相信重要的是見面。

我到了河馬區，鎖是打開的。野獸和水的氣味鑽入我的鼻子。

花見巨大的身軀躺在寢室內。蓮見貼著她的身體在睡覺，就好像昨天的我——好像昨天在你旁邊睡著的我。我只聽見睡眠時的細微呼吸聲，沒有聽到花見的呼吸。

「蓮見，我很擔心，所以就來了。」

聽到我的聲音，蓮見緩緩地起身。

「妳擔心的是誰？」

這是刁鑽的問題。我就算思考也無從得知正確答案，因此只能說出實際的想法：

「擔心妳。」

蓮見看著我。在昏暗的鎢絲燈照射下，她看起來很疲憊。這也是難免的。她從七年前進入動物園，就一直在照顧花見。這段歲月的累積，想必沉重到我無法想像。這和天天死掉不一樣。想到這裡，我突然感到錯愕。有什麼不一樣？明明都是同樣的生命。我到底是怎麼了？

「這孩子不知道過得幸不幸福。」

蓮見小聲地說。

這個問題纖細、膽怯，卻又如刺蝟的刺一般尖銳，朝著我刺過來。

我不知道。我怎麼可能會知道。我想要這麼說，但還是住口了。痛苦的是蓮見。吐出我內心的疑惑只會讓她更加苦惱。她傳了那樣的簡訊給我，也對我吐露出真誠的感想。她現在很虛弱，大概也感到迷惘——對於這份工作、對於動物園這樣的場所感到迷惘。

如果花見過得不幸福呢？

蓮見要怎麼辦？她會辭去飼育員的工作嗎？

我躡手躡腳地走近，看到蓮見摸著花見的身體。感覺很堅硬、又好像很柔軟的奇妙肌膚——當我注視著一顆顆的大毛孔，感覺好像要被吸進去。之前看到被水淋溼的模樣很美，但現在卻是乾燥的，就好像證明已經失去生命般乾燥。

我突然想起小學時的往事。那應該是在遇見你之前，也是在遇見那智之前。大家在學校後面偷偷照顧的野貓小白，有一天死在路邊，很明顯是被車子撞死的。小白的身體無力地往怪異的方向彎曲，雪白的身體變成紅色。

我立刻抱起小白跑到學校，超越高年級的學生，把鞋子脫在入口（註21）之後就光著腳衝進教室，結果大家都發出尖叫跑向窗戶。

妳在幹什麼！好噁心！老師！不要過來！走開！

大家同時對我叫，每個人的表情都一樣。那是看到噁心的東西的表情。

「啊！」

立刻跑來的老師也發出驚恐的尖叫聲。

這時我首度覺得好像被什麼東西狠狠打了一下。

註21　日本小學在進入校舍之前，會把鞋子脫在入口，並穿上室內鞋。

「已經死掉了。」

當我被帶到保健室，保健老師哀傷地說。但是老師要我把小白放上去的，卻是運動會時鋪在操場上的藍色塑膠布。

為什麼會噁心？

我想問老師，但還是算了。因為保健老師戴了兩層手套，在那之後又立刻拚命洗手，並且在我手上也噴了消毒液。

我完全不知道為什麼會噁心。直到昨天大家都還很愛小白，摸牠並偷偷餵牠吃午餐的麵包。

因為死了嗎？死掉就會變得噁心嗎？我無法理解。我剛好相反，即使是有些害怕的昆蟲，像是蜘蛛、蚰蜒、灶馬之類的，只要死掉就不怕了。因為死掉的昆蟲既不會動也不會攻擊我，更何況很可憐。可是為什麼大家卻說死掉的小白很噁心？我感到莫名其妙。

在那之後有一段時間，大家都嘲笑我，看到我就說「會傳染雨菌！」而跑走。我很生氣，心想絕對不能輸，對說這種話的人拳打腳踢，後來就逐漸沒有人說了，不過我決定絕對不要跟這些傢伙交朋友。

我為什麼會想起這種事？

是因為看到死掉的花見的身體嗎？我不知道。我也不知道該怎麼回答蓮見。

過得幸不幸福。

蓮見說的這句話，帶著溼氣黏在我的頭蓋骨內側。

如果不認為花見過得幸福，怎麼能夠在這裡工作？

我腦中浮現這種最惡劣的問題。我以為飼育員都相信動物園是很棒的地方、這裡是動物的樂園，難道不是這麼回事嗎？

「蓮見，妳不認為花見幸福嗎？」

我明知會傷害到蓮見，卻還是問了這個問題。

「如果不認為的話，妳為什麼還能在這裡工作？」

蓮見轉身背對著我，大概是無法承受。但是我仍舊沒有停下來。

「如果動物不幸福，這裡是為了什麼而存在的？」

這是我想要問鳩子小姐卻忍住沒問的問題，沒想到卻在這種地方問出來，對象是只認識幾個月的蓮見，而她剛剛才失去重要的花見。

她的脖子顯得很寂寞，似乎是在哭。蓮見與花見在哭。她們面對面，凝視著彼此哭泣。因為我而哭泣。

「有些動物怎麼想都不幸福。有些動物即使想要冬眠也沒辦法睡覺，看了就覺得很難過。」

我像是辯解般說出來。

「的確。」

蓮見如此回答。她的聲音很平和，絲毫沒有責備的意思。

「我希望花見是幸福的。不，我認為她是幸福的。」

我沒有想到她會這麼說。

「雖然不知道正確答案，但是我喜歡這個場所。」

這只是感情論述，無法解決任何問題。即使如此，我也不願否定蓮見和她的想法。我希望真是如此。

在地震災難留下的傷痕仍舊很深的這塊土地，看到人們看見動物而露出笑容，就會覺得這裡果然是很重要的地方。雖然我一直盡量避免去想，但這也是一項事實。

「我覺得這是很棒的想法。」

我老實地說，蓮見便稍稍笑了。

「謝謝妳，小雨。」

她的笑容令人憐愛。房間雖然很暗，只有鎢絲燈空虛的燈光，但花見的臉顯得很幸福。這或許也只是主觀想像，只是幻想，不過我卻希望真的是如此。你的情況也一樣。如果聽到「想要出去」的聲音是我的幻想，其實你覺得很幸福，不知道有多好。我打心底這麼想。

「關於雪之介——」

蓮見小聲地說。

「妳知道那孩子為什麼會來這裡嗎？」

我無法做任何回答。我知道。我比這世界上的任何人都更了解你。我沒有回答，蓮見便繼續說：

「聽說他是從北海道的山裡跑到鎮上，差點要被殺掉，結果是園長救了他。」

我無法做任何回答。因為我完全不知道。我是第一次聽到這樣的內情。

「當時她只是一般的飼育員，不過卻四處請求，非常強硬地決定收留。真的很有園長的風格。」

沒想到園長做了這樣的事。雖然難以相信，但我還是相信。我的眼前浮現黑豹的眼睛，說不出話來。

「我還是相信動物園是有必要存在的。」

蓮見摸著花見乾燥的肌膚。看到她純粹的眼睛，我終於了解自己為什麼會想起小白了。

她和我是同類。

當我抱著死掉的小白進入教室的那一天，如果蓮見是我的班上同學，如果園長是老師，一定會和我一起抱緊小白。她們不會戴上手套，而會溫柔地撫摸小白，和我一起哭泣。

不只是這兩人。在這裡工作的所有人，包括熊哥、峰姊、植木、甚至連先田，一定都會這麼做吧。

能夠生活在這樣的場所，或許是幸福的？

大家都過得很幸福嗎？

我不知道，不過或許有些動物在這裡也能夠過得很幸福。

是園長救了你，不是我。

你或許有一天也能夠得到幸福。

我看著牆壁上的汙漬。那是花見留下的嗎？那是她開心地沾上去的汙漬嗎？

我呆呆地想著這樣的問題。

二〇一九年

天天在有些黯淡的透明管中奔跑。彷彿在用體毛擦拭管子內壁般，排成一列拚命前進的模樣很可愛。通過長長的管子，前方就是房屋。這是我第一次蓋的房屋。廉價的木材沒有塗漆，不過如果稱呼為原木房屋，看起來或許也滿雅致的。三角屋頂的四層樓沒有柱子，到處都是窗戶。雖然會被從外面看光光，但是大家似乎都很高興。

看到死掉的花見，看到從第二天開始就勤奮工作的蓮見，我心想自己也必須去做現在能做到的事情。

如果真心想要救某個對象，就得拋棄重要的東西。

鳩子小姐的話閃過我的腦海，但是我發覺，即使有一天我必須拋棄，只要託付給其他人就行了。這裡有很多可以安心託付的人。

我提議要替天天建造新屋，植木立刻同意。一開始嗤之以鼻的先田在看過設計圖之後，也開始願意幫忙。

我是在國中的時候學到「環境豐富化」這個詞。這是追求盡量減少飼養中動物的壓力、讓動物過幸福生活的對策。我還記得我在看到這個詞的時候，鼻子感覺癢癢的。因為我覺得，如果真的要考慮動物的幸福，應該要讓動物園消失才對。如果直接說這是最低限度的贖罪，那我還比較能夠接受。

動物園的存在意義充滿了疑問。簡單地說，就是把動物當成滿足人類好奇心的展示品吧？相關人士雖然說是為了保存物種，可是我會懷疑，那是人類該做的工作嗎？應該是上帝的工作吧？

不過——我為了得到許可而和植木四處奔走，每天晚上和先田一起苦思設計，藉助許多人的力量收集到便宜材料，花了半年終於看到房屋落成，又看到許多遊客高興的模樣，就開始覺得或許不是這麼回事。最重要的是，天天看起來很高興，改變了我某部分的想法。接著又過了半年，天天死掉的頻率明顯下降，數字確實而穩定。這項事實讓我更加產生幹勁，同時也感到困惑。

從事飼育員的工作，即使新年來臨也沒有特別的感受。從年底會有幾天的閉園日，不過照顧動物的工作不可能休息。在這個時期想要休假的人當然很多，因此我自願在除夕和元旦工作。這樣剛剛好。與其回老家，我更想和你一起過新年。

「小雨，妳最近好像很開心。」

過了新年的頭三天，當我在吃晚餐的時候，那智突然這麼說，讓我感到有些錯愕。

那智在去年春天轉到宮城的國立大學。大學等級雖然確實下降，但是可以跟著動物園獸醫當研究生學習，於是他很高興地決定轉學。

就這樣，現在他住在距離這裡走路兩分鐘的公寓。兩分鐘是在泡麵中加熱水也來得及的距離，因此我們沒有特地由誰邀約，都會在某一方的家裡吃晚餐。

很開心？我很開心嗎？我默默地思考。

「天天他們好像也很開心。蓋房屋的計畫很成功。」

那智用叉子捲起義大利麵。

「我小時候很想要森林家族。」

「妳是指在見到我之前？」

即使我突然說出意想不到的話，那智也不會露出奇異的表情，而是嘗試理解我的意思來問。

「幼稚園的時候，我覺得松鼠一家很可愛，住在很大的房屋，裡面有各種很逼真的家具，也有餐具和食物之類的。」

「嗯。」

「而且周圍的女生都有森林家族。所以我在生日的時候吵著說想要，爸爸……

不對，是砂村問我，為什麼想要。」

「嗯。」

「我沒辦法說明清楚為什麼想要。因為如果只是可愛的東西，其他還有很多，所以我沒辦法回答。然後他就問我，是不是因為大家都有，所以才想要。」

「嗯。」

「他這麼說，我就覺得搞不好真的是這樣，就說『嗯』。」

「嗯。」

「結果他就沒有買給我。」

那智無聲地點頭。

「所以替天天蓋房子，對我來說就像是森林家族一樣。」

隔了半晌，那智喝了義大利雜菜湯，似乎對味道很滿意地擦了擦嘴巴。

這只是欺瞞。我覺得自己不應該說是為了天天蓋房子，也不想承認自己從中感到喜悅。

「我不覺得想要大家都想要的東西是壞事。」

那智小聲地說。

「如果否定這一點，這世界大概只會變壞吧。」

動不動就扯到世界規模的話題，或許是因為那智變得像我——我內心擅自這麼想。

話說回來，料理實在是好吃到令人嘆息。

我做的料理不外乎 Maruchan（註22）炒麵、CookDo 的中華料理，或是只需要切蔬菜的火鍋；相反地，那智做的則是蛋包飯、馬鈴薯燉肉這類女孩子取悅男朋友用的王道料理。今天他也做了吻仔魚義大利麵和義大利雜菜湯，簡直就像咖啡廳套餐，真是受不了。

「有時間花這麼多工夫，還不如去念書。」

我說出一點都不可愛的評語。

「稍微轉換心情，對念書也有好處。」

那智以成熟的表情說。

「而且不管念多少書，也比不上真正流汗工作的人。」

他能夠很自然地說出這種話，讓我常常覺得這孩子實在是太神奇了。當我忙碌一天筋疲力竭時，聽到他說「今天也辛苦妳了」，就會想要巴他的頭吐槽說：「你是天使嗎？」所以我總是假裝因為淋浴才全身發燙，以若無其事的表情合掌，在「我要開動了」這句話當中偷偷注入感謝。

註22 Maruchan 是東洋水產株式會社推出的速食麵品牌。Cook Do 則是 Ajinomoto 推出的中式料理速食調理包系列。

午休時，我會懷著感謝的心，從遠處望著你。我想起關閉鐵欄杆的那天晚上，對於現在能夠像這樣在你身邊而道謝。

花見死掉的那一天，我走出河馬欄舍，偷偷前往你那裡。我進入裡面，你立刻醒來，靜靜地看著我，看起來既不像是在哭，也不像是在生氣。

「我一定會讓你幸福。再等一下。」

把你從動物園放出去真的好嗎？老實說我已經不知道了，因此我避免說謊地這麼說。這句話的用意應該沒有傳達給你。雖然好像在欺騙，但是我也只能這麼說。

這時你像嘆氣般地說：

「我會等。」

只有這樣。雖然只說了這句話，但卻是無可取代的言語。對我來說這個聲音就像是珍寶一般。

「你等著吧。」

我又說一次。

「嗯。」

你突然起身，開始咕嚕咕嚕地喝水桶裡的水。雖然沒有做什麼特別的事情，但是你活著。我可以感覺到，你很努力地活著。

「有一個好消息要告訴大家。」

園長以完全不顯得高興的表情開口。這一天是世人總算恢復日常生活的一月七日。

「仙台市的姊妹城市雷恩市的動物園，還有象牙海岸共和國，將會各贈予一隻侏儒河馬給我們。」

大家大概都努力忍到談話告一段落，接著彷彿打開香檳瓶般，掀起一陣議論聲。

「為了迎接牠們，將會設置新的河馬欄舍。」

園長舉起手試圖制止交談聲，但聲音卻無法平息。

「市政府幾乎已經確定會核准，所以從今天起就要正式開始準備。」

花見死掉之後，一直有引進新河馬的傳聞，不過沒想到竟然要蓋新的欄舍，而且來的是侏儒河馬，甚至還有兩隻。有太多超出預期的事情發生，所以大家看起來都很高興。

「光是高興沒有辦法做事。」

這一句話讓房間裡彷彿失去血色般悄然無聲。我一開始就保持安靜，但還是感到緊張。從我的位置可以清楚看到園長的臉，因此我不禁擔心自己此刻是什麼表情。

「各位也知道，河馬是受到華盛頓條約保護的稀有動物，其中侏儒河馬更是被稱為珍獸的稀有種。我們將要背負保管重要的河馬、讓河馬交配、繁殖、延續下一代的重要責任。」

大家似乎都明白這一點，沒有表現出特別的反應。

「新欄舍會導入行動展示，徹底實現環境豐富化。」

行動展示——這個詞讓我感到在意，但是我沒有表現在臉上。我若無其事地環顧四周，可以看到大家臉上的表情都很興奮，就好像得知有轉學生要來的班上氣氛。

「這項計畫當然會投入大量稅金，不過如果能夠使來客數倍增，就能更進一步進行接下來的改善、改建、改革。我們要以明年度展出為目標，並將之後的來客數增加到兩倍。」

大家聽到具體內容，臉上的表情都變得認真。每個人都能想像到，讓來客數變成兩倍會有多辛苦，實際變成兩倍又會有多辛苦。

「為了達到目標，需要每一個人的力量。」

我擔心接下來是不是要說「大家同心協力，加油！」，然後一起舉起拳頭喊「加油！加油！加油！」，不過是我杞人憂天了。

「請大家不要鬆懈，繼續努力。」

園長淡淡地說完，鞠了一躬。

我一邊切青菜、一邊在腦中整理自己在意的詞。

贈予，就是贈送、送禮的意思。免費？怎麼可能。這應該是表面上的說詞，實際上我們或許也會贈予某樣東西。如果是物品，那就跟購買沒有兩樣；如果是動物，那就是交換——生命與生命的交換。被選中的會是和侏儒河馬相稱的動物。這也意味著生命的重量彼此不同。

稀有動物這個詞也讓我在意。這個詞意味著生存數量越少越珍貴，生命也更重要。這樣感覺很奇怪。而且最重要的生物早已決定，那就是人類。世界上的所有人都這麼想。

交配、繁殖、下一世代——讓動物交配、繁殖，該不會是想要當上帝吧？為了下一個世代！為了孩子的未來！河馬和我們難道是為了下一個世代而活著嗎？下一個世代誕生的孩子，又得為了再下一個世代生活嗎？這種事情難道要永遠持續下去，直到世界末日？想到這裡，我就覺得毛骨悚然。這正是所謂的保存物種。我們等於是為了避免我們的物種絕滅而在生活。

行動展示的確很棒。天天現在正是如此，我也覺得所有動物都應該這樣，可是我很討厭「展示」這個說法。大家都理所當然地說展示動物，但是展示的意思是陳列物品給人觀看。

辭典是這樣寫的，英文叫作display。動物是物品嗎？傷害生物會犯器物損害罪，生物是器物嗎？

大家都知道不是，卻沒有人感到不對勁，這點讓我無法理解。我原本以為會有人想出替代的用語，可是直到我長大，都沒有任何變化。

「你怎麼一臉嚴肅？」

午休時間，我正在吃便當，蓮見便問我。

「侏儒河馬要來，妳會高興嗎？」

我明知答案，卻還是問她。

「怎樣，妳不高興嗎？」

「也不是不高興。」

「妳果然有點奇怪。」

蓮見擅自從我的便當盒拿走炸雞。

「我當然也會有很多感觸。畢竟不是花見要回來，而且絕對要讓新河馬活很久，也擔心長途旅行要不要緊、留在非洲會不會比較幸福……之類的。」

或許是為了掩飾內心的難為情，她邊咀嚼食物邊說出重要的話。這樣很有蓮見的風格。

「不過我們要做的，就是貫徹讓動物幸福的信念囉。」

囉。我第一次聽蓮見用這種很像關東人的說法。（註23）這樣的調調讓我內心輕鬆了些。不過如果她是刻意使用的，我就會覺得彷彿自己的內心被看透般，有點討厭。

「而且能夠拿到那麼多預算，是很不簡單的事情。聽說這是園長強烈的心願。園長雖然說光是高興沒辦法做事，可是最高興的一定是她。」

蓮見又拿了一塊炸雞，放入我的嘴裡。我不禁笑出來，她便踏著輕快的腳步離開了。

冷風接觸我的臉頰。仙台的冬天比我想像的寒冷，因此我覺得也不壞。

「這裡的冬天怎麼樣？」

我詢問你，你便說：

「現在是冬天嗎？」

這句話大概不是諷刺，而是單純的詢問，因此更讓我感到心痛。果然和羊蹄山的風屬於不同的冷度。一切都不一樣。

「這樣已經算冬天了。」

你瞪著腳邊綠油油的草地，顯得很不可思議，但還是只能接受，回答：

註23　囉：原文是用「じゃん」。在關東某些地區的方言中，往往會在句尾加「じゃん」，意思近似於「不是嗎」。

「這樣啊。」

老實的聲音緩緩地勒緊我的太陽穴。到頭來，我還是不知道該怎麼做。即使如此，我現在也只能為了可以像這樣說話而高興。

這個冬天完全沒有下雪。從雲層溢出時是雪，但是落到地面時已經融解。大家都討厭冷到極限的這種雨。

我回到兒童動物園，植木跑過來對我說：

「妳聽到大新聞了嗎？」

植木外表雖然年輕，內在卻是十足的歐巴桑。像是誰跟誰好像在交往，或是離婚之類的消息，她都有辦法以天才手腕取得，因此我總是覺得她應該去當記者比較適合。

「聽說熊哥要辭職了。」

「什麼？」

我原本以為她今天又帶來無關緊要的八卦，因此不小心發出很大的聲音。

植木看到我驚訝的表情，露出得意的笑容。她果然發現我想要當你的飼育員。我雖然緊張，不過現在不是擔心這種事的時候。

「我不是很清楚，只知道好像是因為他太太的身體狀況。妳也知道，熊哥的太太年紀比他大，從以前就聽說身體狀況不是很好。以熊哥的個性來說，應該是想要專心照護太太吧。別看他那樣子，他可是非常疼愛老婆的。」

「這樣啊……」

我沒辦法吐槽說「妳知道得還真多」。我還沒有整理好自己的情緒。

「姑且不論熊哥的情況，這一來不是很棒嗎？對妳來說是好機會！」

閉園後，我告訴蓮見這件事，她便很乾脆地拍我的肩膀。竟然說很棒……我對於自己被看成這樣的人感到悲哀，不過也無法否定。

「妳一直想要當雪之介的飼育員吧？」

「可是，我……雖然是這樣，可是熊哥那樣，怎麼可以說很棒……」

我吞吞吐吐地說話，蓮見則咕嚕咕嚕地喝下咖啡牛奶。

「妳要知道，達成自己的目的，就代表會有其他人的目的沒辦法達成。」

我覺得這句話好像在哪裡聽過。我看著咖啡牛奶的淺褐色，想起羽毛凌亂的鴿子。是鳩子小姐。我想到這是鳩子小姐會說的話。

「不要想太多。熊哥是因為重視自己的太太才要辭職。」

連那智都這麼說，我也覺得的確沒錯。不過這樣也很悲哀。他雖然那麼珍惜你，卻更看重自己的太太。不，熊哥有小孩，也有年紀很小的孫子。這樣想的話，你不知道排在第幾個。我感到哀傷。即使我能夠挺起胸膛說，自己把你排在第一，但又覺得為這種事排名的自己很討厭。看到那智，這樣的心情更強烈了。

休園日的園內很安靜，比平常稍微冷一點。天天的動作看起來變得靈敏，或許也是為了這個原因吧。我停下手邊的工作，專注地看著爬上和緩傾斜的管子的小小生命。

昨天閉園後，我因為覺得見到熊哥會很尷尬，因此沒有去你那裡。今天我得去見面才行。我看著最後一隻天天走出房屋，用力關上出口。當我用小小的掃帚清掃內部時，聽到「喀、喀」的聲音。是腳步聲。我立刻猜到是誰。

「牠們好像很愉快。」

邊說這句話邊看著天天的側臉，令人聯想到貴婦人。園長凜然的姿態，看上去就和一般人不同。

「希望他們真的很愉快。」

我停下工作，有些靦腆地說。

「妳可以不要停下工作，聽我說嗎？」

她立刻提出警告。柔和的說話方式反而讓我感到恐怖。我放下掃帚，改拿鏟子，鏟起黏在地板上的大便。我的動作變得生硬，擔心會不會又遭到責罵。

「我要請妳去照顧別的動物。」

我感覺全身上下的血液都流向身體中心。

「我想要請妳擔任棕熊的飼育員。」

園長稀鬆平常地宣布重大消息，絲毫沒有先停頓一下。她叫我不要停下工作，但根本不可能。我連繼續站在原地都已經很勉強了。

「田村退休之後，由妳來接任。下個月起，妳就要開始接受訓練。麻煩妳了。」

我搖搖晃晃地用手扶著牆壁。園長明明發覺了此事，卻沒有改變表情或語氣，甚至連我的臉都沒有看。她明明知道我非常渴望去照顧你。她也沒有嘲笑我，黑豹般的眼睛望著天天。

「為什麼是我？」

我問了之後，才想起之前曾問過完全相同的問題。當時也是出自同樣的情感，但是態度卻有決定性的差異。我像挑戰黑豹的蛇一般瞪著園長。

「是熊哥的推薦。」

園長從寢室輕輕地抱起一隻天天。

「對於雪之介，熊哥比我更了解。」

園長的背部彷彿和天天的背部重疊在一起，看起來都很柔軟。

這個人救了差點被殺的你。

我想起這項事實，幾乎要掉下眼淚。

「不要停下來，請繼續工作。」

幸虧園長仍舊沒有看我的臉，把天天放回去就離開了。接下來有好一陣子，我仍舊無法工作。

「你為什麼要推薦我接任那孩子的飼育員？」

我看到推著推車的熊哥背影，不禁跑過去。熊哥停下腳步，回頭看我。

「哦，原來妳已經確定接任雪之介的飼育員了。」

「是的。園長對我說了。她也說是熊哥推薦我的。」

「我才沒有推薦。」

熊哥笑出來，然後開始繼續向前走。我不明白他的意思，便追上去。

「可是……是園長說的。」

「妳別看園長那樣，其實滿內向的。」

熊哥看了一眼愣住的我，然後加快腳步。他背對著我，小聲地說：

「不過我也希望由妳來接任。」

有太多事情同時發生，讓我一時無法消化。是園長任命我的？這項事實可以毫不保留地高興嗎？周圍的景象在旋轉，就好像頭暈一樣。我可以擔任你的飼育員？這麼快？到現在情感才追上來。奇蹟真的會發生嗎？如果發生了，是不是就不能稱作奇蹟了？我又產生多餘的疑問，周圍的柵欄看起來就像迷宮。

對於雪之介，熊哥懂得比我更多。

園長是這麼說的。她稱呼熊哥，稱呼雪之介，或許是顯露出了平常隱藏的一面。園長實現了我的願望。我要當你的飼育員！我要當你的飼育員！我想要高喊，卻發不出聲音。我不習慣感到高興，覺得地球好像在旋轉——不對，這是事實。我在說什麼？我感覺地在搖動。

「要不要搭便車？」

熊哥拍了一下推車。

我用力搖頭，鞠躬說：

「非常謝謝你。」

我朝著熊哥泥濘的運動鞋道謝，然後再度奔跑。雖然是上坡，感覺就像下坡一樣，腳不由自主地就往前跨出去。沒想到光憑自己的心情，世界的形狀就會產生變化。奇蹟果然存在。

我想要立刻見到你，向你報告。

黑色的柵欄出現在道路前方。我看到你的山。

我感覺到身體某個部位彷彿被勒緊般痛苦，不禁停下腳步。是肚子？胸口？我不知道。或者是頭部？那是瞬間的感覺，出現在身體內部——或者應該說是反面？不對，是裡面。我越想越搞不清楚了。

我看到你的身影。你趴在草叢裡，似乎很想睡。

「聽我說，我從下個月起，就可以在你身邊待更久了。」

我湊上前，你就往我這邊看。

「真的？」

「真的！很快就可以了，所以再等一下！」

「很快就可以出去了嗎？」

聽到這句話，我一口氣被拉回現實。

你並不是在等我，而是在等著從這裡被放出去。

理所當然的事實，卻讓我愕然。我無法承受你的回應，拖著腳步回到兒童動物園。我握著橡皮管正要灑水的時候，忽然想到一件事。

照顧天天的工作要結束了。

一滴水從橡皮管口滴落。

不只是天天，還有山羊、綿羊、鴨子、兔子、德川先生——我要跟大家道別了。

對於要和這些孩子道別，我沒有感到哀傷，而是感到高興。自己果然是跟雨水一樣冰冷的人。

我了解到剛剛身體某個部位好像被勒緊般痛苦的理由了。

和你道別的時刻成為逼近到眼前的現實。

「可以去照顧自己最想照顧的動物，真是太棒了。好羨慕妳。帶我一起離開這裡吧！」植木用開玩笑的口吻祝賀我。

「為什麼新人可以先離開？妳送了什麼禮物？妳一定是賄賂園長了吧？」先田絮絮叨叨地表達嫉妒。

「恭喜！妳的心願實現了！」蓮見直率地替我高興。

不過我無法對他們回以笑臉，只能擺出模稜兩可的表情。如果能夠直率地感到高興，不知會有多麼暢快。明知如此，我卻辦不到。

那智聽了也很驚訝，不過立刻轉換為像鴨子一樣的認真表情。雖然不知道他在想什麼，不過他的眼神顯得有些寂寞。我原本以為他會和蓮見一樣替我高興，所以內心有些不安，停下筷子。味噌湯的水滴製造出很小的波紋。

「你不祝賀我嗎？」

我直率地問他，他便停下筷子對我說：

「因為妳看起來沒有很高興的樣子。」

那智是不是了解我的一切？我的胸口頓時變得平靜。

「我很高興。我非常高興。只是沒辦法老實地感到高興。」

我如實說出自己要離開天天及其他動物、卻絲毫不感到寂寞的事。

「明明是自己的內心，我卻一點都不了解。」

「這樣啊。」

那智邊喝味噌湯邊簡短地回應。

「我也討厭像這樣囉哩囉嗦的自己。我這個人真的好麻煩。」

「婆婆媽媽地抱怨」這種說法對女性很失禮，所以用「雨雨地抱怨」來形容比較恰當吧——這種時候我還想到這種事。

「小雨，妳討厭自己嗎？」

「討厭。很討厭。名字果然代表這個人。我就跟下雨一樣，溼答答的，很煩人。我討厭下雨。雨天很冷，而且像梅雨這種東西真的超討厭。」

我撈起漂浮在味噌湯中的布海苔，瞪著看起來氣色很差的紫色。這時那智低聲說：

「可是我很喜歡。」

布海苔掉了下去。不，只是有這種感覺，但實際上沒有掉下去。細細的枝鉤在筷子上。我擱置筷子，抬起視線。

那智的臉隱藏在湯碗的後方。

即便如此，二月的每一天對我來說都好像在做夢一樣。

一天有一半的時間向熊哥學習你的事情，另一半則和以前一樣工作。雖然沒辦法做兩倍的工作，但是內容的密度卻是兩倍以上。忙碌不已的生活，搭配仙台隆冬的寒冷天氣剛剛好，姑且不論內心，身體和頭腦都感到喜悅。

回到家，我會差點在浴室裡睡著，不過那智會準備晚餐等我，所以我才能保持清醒擦身體換衣服。我做飯的輪班從每天輪流變成每兩天一次，後來自然而然變成每週一次。而且我不是自己親手做，而是在附近的餐廳請客。即使如此，那智非但沒有抱怨，還說「反正學生很閒」，很愉快地揮動炒鍋。也因此，那智的廚藝日漸進步，即使我有時間做菜，仍舊不得不在餐廳請客。每當我覺得自己真是爛人的時候，就會想到那句話。

我很喜歡。

我當然知道他說的不是我，而是雨天，不過一想到如果是在說我怎麼辦，我的臉就會燙得像湯豆腐一樣，即使淋上柚子醋也沒辦法吃。雖然常常感到焦躁，不過全都是對於自己。這種事不需要再靠鳩子小姐，可以由那智、蓮見、熊哥，還有你輕易地吹散。

今後我該怎麼辦？一想到將來的事，眼前就會烏雲密布，視野變得慘淡昏暗。但即使是這樣的烏雲，你都能夠輕易地吹散。

你的氣息就如春天的暴風雨，強勁而華麗。我的全身承受這陣風而飛起。總之，我現在只要能夠在你身邊就會感到幸福，盡量不去看光明深處的黑暗。我一路逃避現實迎接三月，在飄浮不定的心情中接受交接測驗。

我原本應該被檢視照顧你的各項細節。然而當我把你從寢室放出來，園長就說：

「已經足夠了。」

峰姊很驚訝，但熊哥卻在笑。測驗到此結束。

我從園長手中拿到你的欄舍鑰匙。正式拿到的鑰匙和從鑰匙盒偷取的鑰匙明明相同，但是光芒卻完全不一樣。銀色的鑰匙反射著萌芽的草木綠色。

「謝謝。多虧你的幫忙。」

三人離開之後，我對你道謝，你便呵呵笑了。

最近你會對我露出自然的笑臉。這一點讓我感到發癢般地高興。只有在這個瞬間，我會想要直率地喊：好高興！

「根本就是情人嘛！」

蓮見這麼說，讓我噎到而猛咳。

「每天晚上做飯給妳吃，甚至還幫妳準備便當，不對，這已經不只是情人，是夫妻了。而且是近年來增加的穩定型逆轉夫妻。妳是一家之主。」

我察覺到她指的是那智，又開始猛咳。拌飯的香菇碎片黏在喉嚨上。

「不、不是的，沒那回事。這個便當只是把昨天晚上吃剩的裝進來。」

「是誰裝的？」

蓮見立刻反問，讓我不禁緊張地吞嚥口水。

「是那智。」

我不得已回答，蓮見便得意地笑了。

「果然是完美的主夫。」

「我說過不是了。我們只是普通朋友，從小學的時候就沒有改變。」

「哦。」

蓮見發出不太起勁的回應，把炒麵麵包塞入嘴裡。她站起來走向黑猩猩那裡，我也趕快收拾便當。我不想要逃跑。如果被以為在害羞就太糟糕了，所以我必須大方面對。我小跑步接近，發現蓮見正在注視夜猴。這種猴子一如其名是夜行性動物，可是卻沒有睡覺，一雙大眼睛骨碌碌地轉動。和手腳的長度相較，臉相當小，看起來就像在巴黎時裝秀出場的模特兒。

「妳知道嗎？夜猴是公猴在育兒，也就是所謂的顧家好爸爸。」

我打了一個大噴嚏。香菇從喉嚨噴出來，黏在夜猴的圍欄上。

「妳看，清澈透明的眼眸，感覺有點像那智吧？」

現在已經不是在意香菇的時候了。我從來沒有想過把那智當成情人，竟然還被說成丈夫，我的耳朵一定跟蚯蚓一樣紅吧。

那智雨子。我想起以前曾想過的名字，有一瞬間覺得滿順耳的，然後又覺得這樣想的自己是大笨蛋。更誇張的是，聽到「很像情人」的時候，我還以為是在講我跟你，到底是怎麼回事？這已經超越可恥的地步，變成怪人了。

「今天發生什麼事了嗎？」

我到那智的房間，他這樣問我，我的臉又開始發燙。

「咦？跟平常一樣啊。怎麼了？」

「沒事。」

今天的晚餐似乎是蛋包飯。那智用單手靈巧地打蛋。

這時我想到，最近我的心一直都是一個。分割成兩個的另一個人跑到哪裡去了？原本以為已經不需要的存在突然變得必要，連我都覺得自己太現實了。如果她能夠出現，此刻面對那智，應該也能和平常一樣輕鬆聊天吧。

我把湯匙插入蛋皮柔軟的蛋包飯當中，半熟的蛋便流出來。當我看著那智，就覺得自己好像要被這個黏稠的蛋黃淹沒。我必須依附某個人——那智和你以外的某個人。

「今天的晚餐也很好吃，謝謝。」

我合掌之後洗了盤子，然後買了信紙回家。我拿起原子筆，寫信給可以依賴的人。

鳩子小姐。

妳過得好嗎？我還勉強過得去。

四月之後，我就要開始照顧你了。

不過明明應該很高興，我卻感到有些哀愁，被種種不知名的情緒控制，有點不知道該怎麼辦。

鴿子都還好吧？

俱知安應該還很冷，請多多注意身體。

雨子

三月最後一天，我向兒童動物園的大家道謝。我盡可能仔細地一一道謝。

「謝謝你，請保重。」

我很慶幸誰都沒有回應我。德川先生甚至連看都不看我一眼就走掉了。看到他的速度，我就安心。

馴鹿不知道過得怎麼樣。想起悠閒吃草的背影，就會感受到西沉的夕陽之美。

當我走向你的欄舍，熊哥剛好出來，讓我很想哭。

「下次我會以遊客的身分來玩。我可以邊逛邊吃毛豆泥霜淇淋。」

熊哥察覺到我忍著眼淚，便用力拍我的肩膀。我無法做任何回應，甚至連好痛都說不出來，只是看著地面。

「我是因為有小雨在，才能安心退休。我偷偷跟妳說，畢竟峰姊也有一把年紀了。」

周圍沒有其他人，但他還是在我耳邊說悄悄話。想要惹對方發笑會有反效果。他人的溫柔有時候是最難以承受的。我深深鞠躬，在內心裡道歉。對不起。

熊哥的心願也許無法實現了。下次他來玩的時候，你可能已經不在了。不論道歉幾次都不夠。

我進入欄舍，你還是跟平常一樣坐在角落，緩緩地吃著熊哥最後切的蘋果。

「跟熊哥道別，不會感到寂寞嗎？」

「寂寞？為什麼？」

這個回答很可怕。

你沒有感情嗎？

我想問，卻問不出來。

「回到山裡之後，沒有人會給你食物喔。」

我心想現在正是時候。我要抓住機會來問該問的問題。

「嗯。」

「要自己去找食物、自己捕捉才行。」

「嗯。」

你並不驚訝，也沒有害怕的樣子，只是很乾脆地回答。

我也不在那裡。

我正要說出口，但還是止住了。不論怎麼想，在害怕的都只有我。

「不要緊。我一直都在夢裡捕捉食物。」

不會不要緊。我並沒有不要緊。

「你為什麼想要回到山上？」

我忍著淚水問。

「因為有媽媽在。」

果然。這是我最害怕的答案，但是我不能停下來。我不能再逃避你了。我用左手試圖握住類似勇氣的東西。

「我跟你說，你媽媽已經不在了。她已經死了。」

我說完，你依舊以不變的口吻說：

「她在。媽媽、爸爸和大家，都在山上。」

我並不覺得這句話是錯誤的。

在這句話當中，我看到彷彿超越生死的光芒。我開始覺得，你的家人的確都在羊蹄山，一直在那裡。不，不只是覺得，而是體悟到這或許就是真理。

你知道的，比我們人類學習到的知識更多。你知道人類不論如何努力都無法知道的事情。

你和你以外的動物，或許都知道。

熊哥擔任副飼育員的動物，也都由我來接手。峰姊休假時，我要照顧日本貛和梅花鹿，藤澤休假時則要照顧日本狸和日本鼬，有時還要照顧日本狐狸。包括你在內，這些都是日本土生土長的動物。

雖然容易產生親近感，但也更必須繃緊神經。我想起小時候看的《平成狸合戰》（註24），就覺得大家都可愛到不行。我雖然不再想要把心分割成兩半，不過在飼育時還是努力在心中圍起簾幕。

在綠意更濃的四月，即使我在你的面前把簾幕全部打開，視野仍舊顯得昏暗。

我知道理由。鳩子小姐雖然沒有回信，但是我其實已經知道了。

「現在還殘留著雪。等到更溫暖之後再說吧。」

註24　平成狸合戰：一九九四年推出的吉卜力動畫，由高畑勳導演，講述一群狸貓（貉）為了保護家園試圖與人類對抗的故事。

每當你問我「什麼時候要回去」，我就會這樣回答。羊蹄山的確還殘留著雪，要等到山上有足夠的食物之後再回去，也是依照國中以來的計畫；然而主要原因是我無法具體說出在幾月、再睡幾天才能回去。

你的願望實現的那一天，就是我和你離別的日子。這是我第一次能夠一直陪伴在你身邊。幸福的每一天在我心中投射陰影。

「下個月的休假，要不要去哪裡玩？」

就在這種時候，那智問我。

「你說的哪裡是哪裡？」

「嗯～比方說去栃木採草莓。」

「不要，沒興趣。」

我冷淡地回應，不過不知道那智有沒有發覺到我在緊張。

「那去體驗採集蜂蜜呢？」

他笑咪咪地提議。於是我現在正開車載著那智沿高速公路南下。我在黃金週結束的第一個休假日，開車前往那須高原的養蜂場。

今天是我的生日，只是單純的偶然。只不過是剛好和休假日同一天，而那智也剛好有時間罷了。我原本對於生日就沒有特別的感觸，因此沒有特別在意就選了今天。

這是我有生以來第一次到仙台以南的地方。我的最南端到達紀錄每秒都在更新。

我邊開車邊想，就如蓮見所說的，我還是比較適合當丈夫吧。往旁邊看，那智服貼地坐在前座，看起來有點像蝸牛。

「謝謝妳開車。給妳。」

我走出休息站的洗手間，那智便把很大的牛舌串遞給我。

「特地從仙台來，結果吃這個？」

我忍不住發牢騷，是為了隱藏內心的害羞，希望他能原諒。這是在搞什麼？從旁人看來根本就是約會嘛——我一邊在內心吐槽，一邊咬下牛舌。

我踩下油門，那智便害怕地發出「哦哦」的聲音。我心想，這樣滿愉快的。到這個地步，乾脆就從中取樂吧。

不是因為今天天氣很好、我來到個人紀錄最南端，或是惡夢般的黃金週結束了，也不是因為今天是自己生日。我強迫自己相信，是因為有你最喜歡的蜂蜜在等著。

「對了，為什麼不是自排車？」

「我盡量不想藉助他人的力量。」

隨口說出的謊言很像我會說的話，因此那智很老實地相信了。

我離開俱知安之後，雖然有駕照卻一直沒有開車。為了能夠不發生意外地載你回去，我心想必須要練習才行。如果不是和園內的卡車一樣的手排車，就沒有意義。每當我踩下離合器換檔，那智就會露出欽佩的表情。

從仙台開車三小時，進入那須高原之後，空氣突然變了。如果說俱知安的風是蒼白的，那麼這裡的風就是綠色。我想不出好的比喻，總之就是森林和樹木冷卻的空氣。在清涼的風中行駛幾十分鐘，就看到「山崎養蜂場」的老舊招牌。

「那麼我先讓蜜蜂安靜下來吧。」

養蜂場的老先生用小小的圓罐起煙。獨特的氣味瀰漫之後，老先生毫不躊躇地打開蜂箱。

黃色的蜜蜂成群騷動。老先生以撫摸般的動作拂去蜜蜂，就看到四方形的箱子裡鋪滿了六角形的小房間，井然有序之美吸引我的目光。在凝結成白色的蜂蜜後方，閃爍著神祕的琥珀色。

「這個時期的蜂蜜是蓮花、金合歡、蘋果的花蜜。」

老先生仔細說明，但我幾乎沒有聽進去。周遭其他家庭與情侶遊客的歡笑聲，也像隱約傳來的背景音樂。我忘記帽簷過大而礙事的大帽子，以及遮住臉部的綠色網子束縛，盯著那智的手。

「小雨，妳也試試看吧。」

他說了兩次，但我也搖了兩次頭。

數百隻蜜蜂用小小的身體拚命收集的蜂蜜，被那智毫不猶豫地用金屬刮刀刮下來，就像我鏟起天天的大便那樣。美麗的六角形被無生命的刮刀破壞的景象，純粹讓我感到寂寞。即使如此，蜜蜂也只是在周圍嗡嗡叫著飛翔，並沒有攻擊我們。牠們是否知道刺了之後就會死掉呢？或者是情願把蜂蜜送給人類？不論如何，都太可憐了。

「可以吃嗎？」

小男孩問，老先生便「啪」一聲折斷一塊遞給他。

「好甜！好甜好甜！」

聽到變聲前的美聲，我嘆了一口氣。

我想起第一次見到你的時候，你想要吃蜂蜜的模樣。

在動物園，每週一次會給你吃蜂蜜。你會很高興地舔中國產的蜂蜜。不是狼吞虎嚥，而是用手很小心地送進嘴裡。

「要不要吃吃看？」

那智把一小塊放在手指上，伸出右手。

吃並不是罪惡。我聽見鳩子小姐的聲音。

「嗯。」

那智在網子後方的臉露出高興的表情。我把那一小塊放入嘴裡，甜到令人暈眩。

從離心機流出來的濃稠蜂蜜變成平常看慣的蜂蜜，但是和中國產蜂蜜完全不同，不是黏膩地徘徊在鼻子深處的氣味，而是像奔馳過色彩繽紛的花瓣之間的氣息。我有生以來第一次理解到氣味與氣息的不同。

裝在最大的瓶子裡蓋上蓋子，看起來就像寶物一般。

你一定會很高興。我想要快點回到你身邊。我向老先生道謝，匆匆坐進汽車。當我繫上安全帶時，那智對我說：

「我還有一個地方想去。」

「什麼地方？」

「祕密。」

那智似乎找不到安全帶的前端，明顯心神不定。

「反正很近，沒關係吧？」

他笨拙地遞出列印出來的地圖。不知為何，我有不好的預感。那智扭扭捏捏的態度就跟小學時一樣。

行駛不到二十分鐘，我依照那智的引導停車。前方是一片森林。

「在這裡。」

下了車走進小路的那智，看起來稍微成熟一些。

靜謐的森林裡只聽得見我們的聲音，平靜到令人懷疑昆蟲和動物是不是都睡熟了。雖然可以並肩走在樹木之間，不過我刻意走在那智後方。

「跟以前相反。」

我低聲地說，那智就很明白易懂地臉紅。我知道他記得以前走在雞蛋路時，總是我走在前面、他走在後面，感到很高興。我的心怦怦跳，擔心他會回頭看到我的臉。

「到了。」

我看到那智前方有一棟小屋，被枯萎的常春藤覆蓋，融入森林當中。

「這裡是什麼？感覺好詭異。」

我用抱怨的口吻說，那智便回頭告訴我：

「爸爸在這裡。」

「爸爸？那智的嗎？」

「是小雨的。」

我不了解他的意思。我不了解那智這樣說的意思，但是我知道他說的爸爸是指誰。那智說的爸爸，應該不是指爸爸。

「對不起，我自作主張帶他過來。」

「為什麼？」

我只問了這個問題，那智便像水滴落下般小聲說：

「因為小雨看起來好像很痛苦。」

我大概了解他的意思了，但也因此說不出話來。

「小雨好不容易可以去照顧那孩子，可是看起來卻一點都不高興，所以我很不安。」

那智的聲音很小，不過或許是周圍的葉子不規則反射，聲音聽得很清楚。

「不過我也無能為力。我想如果是小雨真正的爸爸，或許就能解決小雨的煩惱了。」

解決煩惱，這樣的說法好像小學生。

「對不起，我自作主張。我不久前打電話到北海道大學，砂村先生告訴我，他這個月要在這裡做研究，要我來造訪。」

為什麼？我雖然這麼想，但是沒有說出口。

「不過接下來就由小雨自己決定。如果小雨不想見的話，我們就直接一起回去吧。」

為什麼那智要為我這麼努力？我覺得不可思議，就連砂村在附近的困惑也消失了。

「我知道了。我會過去。」

我點頭走過去。

「那我在車上等吧。」

那智在擦身而過的時候這麼說，往來時的路回去。

「謝謝。」

我用聽不見的聲音回覆，然後來到小屋前方。

從常春藤的縫隙看到的牆壁處處都是裂痕。我腦中浮現飄浮在天空的拉普達，然後又浮現小月和小梅（註25）父親的臉。小時候，看到砂村埋頭在堆了許多書本的桌子，我就覺得好像小月和小梅的父親。我想起當時很高興地覺得自己也許是小月。不過不論我如何努力，都沒辦法成為像她那麼可靠的女生。

我敲了敲髒髒的木門。清脆的聲音響起之後，立刻聽到回應：

「請進。」

我打開門，昏暗的房間內只有桌子。從小窗戶射入的柔和光線，照亮眼熟的臉孔。

「是雨子啊。」

註25　拉普達：吉卜力動畫《天空之城》當中的城堡，小月和小梅是《龍貓》中的姊妹，兩人的父親是考古學家。

彷彿才隔了一個星期沒見面的這個聲音，似乎不把十六年的歲月當一回事般淡然。這點也很有砂村的風格。

「嗯。」

他的臉和記憶中差很多。膚色比以前更深，雙眼皮的線條也很暗。下巴的鬍子已經摻雜著白鬍鬚。不過圓圓的眼鏡和睡醒亂翹的頭髮仍舊一樣。

「很高興妳來了。有什麼事嗎？」

我感到頭昏眼花。「有什麼事」——這是對睽違十六年的女兒說的話嗎？我彷彿聽見那天在家庭餐廳攪動橘子汁的喀啷喀啷聲。

「有事才能來嗎？沒什麼事就不能來見你嗎？」

我很自然地反抗。

「沒這回事。」

砂村很乾脆地說完，站起來。

「對了，今天是妳的生日。」

我頭昏眼花。我對於他記得這一點感到驚訝，說不出話來。我絕對不希望被認為是因為生日才來的，卻只能呆呆站著。

「真的很高興妳來了。」

砂村將粗糙的手伸向我。

「嗯。」

我沒有伸出手，他便擁抱我，用很大的力氣抱得緊緊的。就像用泥土做的飯糰般，帶著懷念的氣息。我無法逃離這股溫暖。

「這裡雖然不是很漂亮，不過也不壞吧？」

他讓我坐在椅子上，端出麥茶。桌上都是文件，沒有放杯子的空間。椅子只要一動就會發出嘰嘰聲，屁股也已經坐痛了。窗外搖曳的綠葉感覺很舒適。硬邦邦的椅面也讓我想起俱知安的圖書館。我對於瞬間變得心平氣和的自己感到羞恥，把臉朝向窗戶，砂村便問我：

「要不要出去一下？」

他從文件當中挖掘出放大鏡。這支放大鏡雖然簡單，但卻很大，大約有手掌大小的鏡片看起來很沉重。手把末端有龍貓的吊飾。

我看著砂村的背影，緩緩走在森林小徑上。

我花了五分鐘左右，說出至今為止走過的道路。砂村對於我當上動物園的飼育員，很直率地表達喜悅。

「我有事想要問你。」

我之所以老實陳述，是因為覺得時間很寶貴。我直覺感受到能夠像這樣的時間，在我的人生當中非常短暫。

「是嗎？」

他只有這麼說，但語調很平和。

「我可以問你嗎？」

「妳已經在問了吧。」

他露出惡作劇的笑容，所以我也不再客氣。

「我先說好，我自己也想了很多，可是因為怎麼想都想不出答案，所以才要問你。」

我奪走巨大的放大鏡，砂村便笑著點頭。

「你覺得動物園是為了什麼目的存在？」

「妳怎麼想？」

「雖然有研究目的或是保存物種之類的各種說法，不過我覺得到頭來還是為了人類。」

「我也這麼想。」

「那麼你對於人類為了自己的私欲飼養動物，有什麼看法？」

「只要能夠盡到對待生命的責任，我不覺得這是壞事。」

「為什麼？」

「妳覺得這是壞事嗎？」

「我就是不知道，才要問你。」
砂村哈哈笑了。
「真是稀奇的飼育員。」
他奪回放大鏡，然後透過放大鏡看我的臉，就好像發現新種生物，眼睛閃閃發亮。
「有些事情是身為飼育員才看得見的。」
我立刻奪回來，用放大鏡看著地面。螞蟻在走路。即使是在這樣的森林裡，也有和都會一樣的螞蟻。
「雨子，妳是素食主義者嗎？」
「不是。你為什麼這樣問？」
「那就代表妳不覺得吃動物是壞事吧？」
「那當然。因為那是為了生存。」
「就跟這個一樣。人類一旦停止思考，就沒辦法生存。」
我聽到不曾想過的想法，感到很驚訝。不只是對於這個觀點，也因為自己能夠很自然地接受它而感到不可思議。
「妳看剛出生的嬰兒，因為沒有思考能力，所以才沒辦法獨自生活。嬰兒只有欲望，肚子餓了就哭，太熱或太冷也會哭，有空也會哭，而且還任意拉屎撒尿。

妳覺得這是壞事嗎？」

我搖頭。我受到很大的震撼。砂村不在我立足的地點，而是飛在很高的上空。我為了自己的膚淺嘆氣。他看到我這樣的臉又笑了。

「讓我明白這一點的，不是別人，正是嬰兒時期的雨子。」

我感到驚訝。他明明飛在天上，卻又能潛入地底。我內心驚訝的同時，也浮現沒有輪廓的影子，彷彿從挖掘的洞裡不斷冒出來。不願想起的那句話探出頭來。我不想問，卻又想問。我想問他的理由、用意、想法。

「你寫過，植物或許比家人更寶貴。」

我說出口，砂村便看著我。

「那是真的嗎？」

我也看著他，心中懷著正向的願望。

「是真的。」

願望一口氣就被吹散了。

「這樣啊。」

砂村是活在不同世界的人，所以這也是沒辦法的。這世界應該也可以有這樣的人。正因為如此，媽媽才選擇離開；正因為如此，才會主觀認定我需要別的爸爸。

「謝謝。我要問的已經問完，我要走了。」

我擺出「我才沒有受傷」的表情，把放大鏡遞給他。砂村收下放大鏡，再次透過放大鏡看我。

「妳查過寶貴的意思嗎？」

「查過。就是珍貴、重要的意思。」

「還有一個意思。」

他這麼說，我就說不出話來了。還有別的意思？我不知道。就算努力思考也想不出來。

「就是必須要慎重對待的意思。」

這句話完全沒有超出預期，讓我失去理智。我不該抱持錯誤的期待。

「那又怎麼樣？不是一樣嗎？」

「我並沒有打算要慎重對待雨子。」

我感到心中有東西「咚」一聲掉下來。

「人類能夠自己思考、行動，但是植物卻沒有辦法。即使能夠自立，行動仍然受到限制。尤其是對於人類的侵犯，無論如何都沒辦法保護自己。」

毫無疑問，這句話也適用在我身上。

「所以必須更慎重、更寶貴地對待才行。」

這跟我對你的想法一模一樣。

「怪不得會被媽媽嫌棄。」

我為了掩飾難為情而這麼說。我此刻的表情大概就像鬧彆扭的小孩吧。

「媽媽堅持要無比慎重地照顧雨子，所以我老是被罵。」

辯解般的這番話很笨拙，不過我卻感到高興。這想必是砂村的真實心意，聽起來也不像是在取笑媽媽的想法。

我緩緩地走在來時的道路，這次輪到砂村走在我後方。

「我可以再問你最後一個問題嗎？」

「什麼？還有問題啊？」

「真過分。這是對睽違十六年重逢的女兒說的話嗎？」

我回頭瞪他，他便開懷地笑著說「的確」。

「你為什麼要給我取名為雨子？」

「沒有什麼特別的由來。」

砂村停下腳步。

「那應該可以告訴我吧？」

我等了一會，沒有等到回應。

「大家都討厭雨天。遠足的時候如果下雨，就會被大家說是我害的。你了解這種心情嗎？」

「不了解。完全不了解。」

砂村邊說邊開始轉動放大鏡。

「為什麼？」

「妳不知道及時雨這個詞嗎？」

及時雨。我得到隱約想像到的答案，感到悲哀。

砂村把放大鏡塞到我手中，以彷彿在表達懶得再說下去的速度，超過我走在前方。

我覺得自己被騙了。他知道我今天生日，一定是那智告訴他的。這個人不可能會記住這麼瑣碎的事。悲哀轉變為懊惱。

「我知道。原來如此，對於植物來說，及時的雨水當然是很需要的。」

我發洩內心的焦躁，砂村便停下腳步。我太丟臉了。我知道自己幾乎是無理取鬧，也沒有生氣的權利，但是我卻無法忍耐。

「到頭來，對爸爸來說，植物還是比較重要吧？說什麼不想慎重對待，只是藉口吧？這種事後才編出來的理由，一開始就別說比較好。」

「不是這樣的。」

「哪裡不是？」

即使我問了，爸爸也沒有回答。

「哪裡不是？告訴我！」

即使我大聲質問，他仍舊沒有回應，也沒有回頭看我。

「快回答我！難道你連這個問題也要我自己想嗎？我怎麼可能想到你在想什麼！」

我大喊。樹葉隨風飄動。

「我知道了。我說及時雨是騙妳的，抱歉。」

爸爸用鬧彆扭的聲音道歉。

「已經過了二十三年了。」

他仍舊背對著我，彷彿在對樹葉說話般抬起視線。

「雨子當時一直沒有從媽媽肚子裡出來。媽媽看起來很痛苦，我也進入產房，一反常態地握住她的手。當妳終於生下來，我不知道為什麼，心裡不只是高興，還有各種情感湧上來。出現在眼前的小小生命拚命哇哇哭，媽媽也在哭，我也一樣。」

爸爸說到這裡，稍微停頓一下。

「總之，我當時一直掉眼淚。助產士對我說，『生下來的是健康的女孩』，我哭著抱起嬰兒，眼淚不斷掉在小小的身體上。」

我說不出話來。我屏住呼吸，只是望著逐漸模糊的背影。

「所以才取名為雨子。」

這句話肯定了我的一切。

「因為在雨中生下來，所以才叫雨子。就只是這樣。」

他告訴我，這世界上也有溫暖的雨水存在。

幸虧爸爸背對著我。此刻我眼中也流下溫暖的淚水。

我握緊放大鏡。龍貓在搖晃，露出雪白的牙齒在笑。

我回到車上時，那智在前座睡覺。

我用放大鏡看他的臉，他的睫毛便動了一下。他果然是在裝睡。我很感謝他這樣的舉動。因為這一來，就可以避免被看到紅紅的眼睛和流許多鼻水的臉了。

那智右手握著地圖。地圖上用紅色原子筆在山裡打了×的記號。我抽出為我調查的這張地圖，仔細地折起來，收進自己的口袋裡。

「謝謝你，那智。」

這次我用聽得見的聲音道謝，然後使勁踩下油門。

接下來是幸福而艱辛的日子。

我終於理解幸和辛兩個字很像的理由了。

我可以每天待在你身邊照顧你。只要鎖上欄舍的內鎖，即使進入你的房間也不會被發現。我每天在閉園後，都會和你短暫地度過單獨相處的時光。

回到家，那智會替我做晚餐。如果少了任何一者，大概都無法擁有如此滿足的心情吧。如果同時失去兩者，那麼或許就已經不是缺損，而是崩壞了。籠罩在前方的黯淡陰影搖晃著我的視野。

「變溫暖了。」

你這麼說，我不禁立即回答：

「這裡變溫暖了，可是山上還很冷。」

「我想要快點回去。」

「就快了，再等一下。」

我說得很模糊，避免讓你感到失望。

「就快了是什麼時候？」

「嗯～夏天吧。」

我迴避你的問題，也迴避我自己。

「夏天是什麼時候？」

「很快就到了。」

我無疑是個卑鄙的人。

「很快是明天嗎？」

「很快不是明天。」

既卑鄙又愚蠢、膽小。我太懦弱了。

和那智一起採集的蜂蜜，也還沒有拿給你看。我決定要把它當作送給你的最後禮物，收藏在廚房櫃子的最深處。我暗中希望打開這個蜂蜜瓶子的日子永遠不會到來。

你很珍惜地用手撈起中國產蜂蜜舔著。看到這樣的側臉，我就會很難受。我明明有更美味的蜂蜜，卻一直藏起來。

即使是這樣的日子，仍舊算是幸福的。因為擁有了幸福，因此會感到艱辛。幸福令我悲傷。

世界比我想像的更複雜。這世界的一切或許都充滿矛盾。

我觸摸睡著的你。你總是溫暖而無比巨大。對於如此無可救藥的我，也能夠連同矛盾一起擁抱。

五月底常常下雨。

雖然還沒有宣布梅雨季開始，但是大家都覺得梅雨來臨很煩很討厭，豎起傘進行攻擊；即便如此，多虧砂村，我仍舊能夠挺起胸膛。

如果說出你的事，砂村會怎麼說？

我每天晚上在床上想這個問題，五秒鐘就做出結論。照雨子的想法去做吧。

砂村應該會這麼說。那麼那智呢？

我在用薄被堆起的雪屋裡思考，也想不出答案。

我把從那智手中抽出的那須高原地圖貼在置物櫃裡。砂村等候地方的紅色×印，總是讓我想起自己有很多重要的人。

這天我想要偶爾嘗試努力做菜，在超市入口抓住推車。當我在生肉區因為寒冷而縮起身體，手機難得響起。

「是岡島嗎？我是青柳。」

我沒有聽對方報出姓名，就知道是園長打來的。冰冷的指尖變得緊張。

「很抱歉在妳休息的時候打電話。可以請妳立刻回到動物園嗎？」

「好、好的，我可以過去。請問發生什麼事了？」

我還沒說完，園長就說：

「峰姊被雪之介攻擊，受傷了。」

即使在這種時候，園長的聲音仍舊沒有慌亂的樣子。

「我馬上去。」

我掛斷電話，向店員鞠躬，連同籃子退還商品。我招了計程車坐進去，顧不得繫上安全帶，以祈禱的姿勢握緊雙手。或許是因為太用力，到達動物園的時候我的手已經麻了。我奔跑在閉園後寂靜的園內，繞到棕熊欄舍的後方，把手伸向門時，聽到很大的咆哮聲。

你在叫。雖然不知道在說什麼，但可以聽出相當痛苦。

我打開門，園長就回頭，旁邊是副園長和藤澤。鐵欄杆後方，寢室中的你正在踱步徘徊。

「很抱歉在妳休息的時間打擾。牠好像突然變得很興奮。」

在淡淡述說的園長背後，可以看到鐵欄杆底下的血跡。我想起園長被攻擊的那個惡夢。

「峰姊呢？」

「她似乎沒有受到太大的傷，不過我還是請她去醫院。」

園長注視著鐵欄杆上的掛鎖。

「原因是她的不小心。她忘記鎖上這裡的鎖，就讓雪之介回到寢室。雪之介興奮地走近門，她連忙想要鎖上鑰匙，結果被雪之介從鐵欄杆的空隙抓傷。」

你似乎沒有注意到我，一直在走動。不是像北極熊那樣只是反覆同樣地來回步行，而是像橄欖球滾動般不規則。

「為什麼？」

我是在問你，不過回答的是園長。

「就是因為想要知道這一點，所以才找妳來。我們不知道雪之介為什麼會突然變得興奮。」

我說完接近鐵欄杆。

「請給我一點時間。」

「怎麼了？」

這次我明確地對你說話。

你突然停下動作看著我。

之前想必不論是誰說什麼，你都沒有反應。副園長和藤澤都看著我。

「怎麼了？」

我又問了一遍。雖然是同樣的字句，但這次也利用臉部來傳達情感。我看著你的眼睛緩緩點頭，你終於開口說話——

「我不知道。」

聲音細微到幾乎聽不見。

「不要緊，冷靜一點。」

我已經來了——我本來想要這麼說，但還是沒有說出來。我想起園長他們在旁邊。我回頭，副園長和藤澤的臉上沒有變化，似乎沒有聽見你的聲音，只有園長一直盯著我的臉。這個人或許真的能夠聽見你的聲音。

你緩緩地站起來，坐到後方，原本激烈的呼吸變得平靜。

「對不起。可以讓我們兩個單獨相處嗎？」

我靦腆地詢問，園長便面不改色地說：

「請便。接下來就交給妳了。」

她說完和副園長一起走出去。我從裡面鎖上欄舍的鑰匙，營造只有兩人的空間，然後立刻打開掛鎖。

「不要緊。冷靜點。」

我打開門進入寢室，緩緩接近，你便伸出手。你的手依舊很柔軟。我的疑惑彷彿風停下來一般消散。

「我不知道。」

你的聲音像蠟燭般，虛弱地搖曳。

「不要緊，稍微休息一下吧。」

我從橡皮管放出細小的水流，清洗爪子。

「好冰喔。」

聽到天真無邪的聲音，我鬆了一口氣。

我發覺到你是因為大家都在而緊張，不禁感到心痛。你一定是在擔心不知道會遭受什麼樣的對待。身體雖然這麼大，但是內心卻跟小孩子一樣稚嫩。

「發生什麼可怕的事情了嗎？」

我握著你的大手。雖然因為太大而無法完全握住，但是我仍舊用握住手的姿勢接觸。

「我不知道。」

你再度大口喘氣。我探視你的臉，看到圓圓的眼睛好像很乾。

我心想，你年紀大了。

雖然這麼可愛，但仔細想想，你也已經十四歲。我意識到你正接近老年，有好一陣子感到不知所措。

「很抱歉造成妳的困擾。」

我前往醫院，峰姊就對我道歉。她的左手似乎縫了幾針，無力地下垂。我完全不覺得困擾，也同情她，心想她一定很害怕，看起來也很可憐。我告訴她完全不用擔心，不過在目送載著峰姊的車子之後，我才想到被新人的我這麼說，她或許會感到恥辱。雖然說是副飼育員，但是被照顧好幾年的對手攻擊，光是這一點就已經夠震驚了。我對自己的欠缺想像力感到生氣。

我設法讓內心平靜下來，並簡潔地把今天發生的事輸入手機。

『對不起。所以我今天沒辦法做飯。我會找地方吃過再回去。』

我傳給那智，立刻收到回信。

『真是辛苦妳了。別太勉強，有什麼事立刻聯絡我吧。』

手機的文字看起來就像那智手寫的文字。

當我坐在地下鐵月臺的長椅時，園長過來坐在我旁邊。

「妳知道雪之介興奮的理由了嗎？」

或許是因為在園外，她的語調感覺和平常不同，更為溫和。在這裡，園長看起來就像普通的女性。也因此，我直率但含糊地回答：

「我想是因為壓力。」

「妳知道壓力原因嗎？」

我知道。我當然知道。雖然你自己不知道，但是很簡單。不論怎麼想，都是因為我一再迴避你的願望。

「我想是因為現在的生活太痛苦了。」

我懷著希望，說出不該說的話。我不等園長回應，繼續說：

「求求妳，等到河馬欄舍完成，能不能替那孩子建造新的欄舍？」

這不是我一直在想的事，而是剛剛想到的。

「我知道這項請求很困難，但是那孩子正在受苦。這樣下去，有可能像花見一樣死掉。園長，求求妳，可以想想辦法嗎？」

我的聲音響徹月臺，但是我無法按捺。我用瞪人的眼光注視園長。火車的聲音傳來。不對，接近的是地下鐵的電車。從隧道吹來寒冷的風。

「很遺憾，那是不可能的。」

「為什麼？」

「就連我退休後的計畫也已經確定了。河馬之後是印度犀牛，接下來是北極熊。」

這些都是我一直在擔心的動物。我明白她說的話。我非常明白，但是——地下鐵的門關上了。在發車的同時，我站起來。

「是園長救了那孩子吧？」

園長默默地看著我。

「請妳再救一次，拜託。」

「當時是因為前一年亞洲黑熊死了，剛好欄舍空下來，算是運氣好。我什麼都沒做。」

「沒這回事。」

我發出緊迫盯人的聲音，但園長並不退讓。

「這是事實。」

「那孩子情況很嚴重也是事實。已經有人受傷了。妳不覺得那孩子比其他動物更危險嗎？」

「不覺得。」

迅速的回答讓我感到憤怒。我無法說出話來，園長又說：

「不，正確地說，是已經不覺得了。」

她盯著我的臉，淡淡地繼續說：

「我相信只要有妳在，就不會有問題。」

奇妙的是，我感覺到這雙黑豹般的眼睛很像鳩子小姐。

我離開原地，從月臺角落搭乘地下鐵。

園長的話給了我勇氣。對園長來說，大概算是不同意義的勇氣。

那個人不是敵人。敵人是自己。我終於瞭解這一點。

我希望自己能夠更堅強。像園長、像鳩子小姐那樣壓倒性地堅強。

我奔上仙台站的電扶梯。我從大腦的海馬區喚出國中時寫的筆記本，衝進站前的東急手創館。筆記本的實體在壁櫥深處，不過我隨時隨地都有辦法打開它。

鐵板、ＰＥＴ板、螺絲起子、壓克力刀、火鉗，綠色、褐色與白色油性塗料，另外還有刷子、筆、保護膠帶。

我曾經一再想像買這些東西的瞬間。店員讀取條碼的聲音很有節奏感。我覺得小時候的我好像正在替自己加油。

我在距離最近的車站前一站下了地下鐵，快步走路。心情雖然很急切，但是這種時候更應該要冷靜下來。我進入隨處可見的咖啡廳，坐在窗邊的座位打開手機。我在搜尋列輸入「貨車帆布」，就出現很久之前查詢過的網站。亞馬遜這個店名雖然不是你要回去的場所，不過卻讓人聯想到動物的樂園。茂密的叢林及下不停的雨——雨滴的光芒彷彿和窗外的車燈重疊在一起。

我一直草擬計畫到快要打烊，然後離開咖啡廳走回家。從大街進入巷子裡，就是住宅區，我立刻看到七福神與麵包超人。石材屋的角落停著小卡車。我從袋子裡拿出剛買的螺絲起子，蹲在車子的陰影中。我把螺絲起子插入車牌，便輕而易舉地拆下來。犯罪行為簡單到讓我感到恐怖。

我氣喘吁吁地跑回家，看到那智站在走廊上。

「妳回來得真晚。不要緊嗎？妳沒有回我的簡訊，所以我很擔心，剛好過來看妳。」

「不要緊。」

我拿出鑰匙開門，他便問我：「妳要ＤＩＹ嗎？」隔著手創館的袋子，可以看到深綠色的車牌，因此我連忙把袋子藏到背後。

「是為了那孩子嗎？」

那智露出不安的表情，不過他這樣問，我反倒鬆了一口氣。我可以不用說謊。我盡可能不想要對那智說謊。

「嗯，對呀。」

我很坦然地回答，然後說「晚安」，回到房間。

我用鐵板和PET板夾住車牌，然後在廚房的瓦斯爐點火。我用火鉗夾住加熱，變軟的PET板上就浮現車牌號碼的輪廓。塑膠融化的氣味鑽入我的鼻子，我連忙打開窗戶。我把最重的辭典壓上去，等待幾分鐘，就完成精美的透明複製。我重複同樣的步驟，又做了一片，然後用壓克力刀仔細裁切，時間就已經要跨日了。我走出房間，跑到石材店。歸還車牌時，我的心跳才開始加速。歸還的時候比較緊張，感覺很不可思議。我想著其中的理由，讓心情冷靜下來。我回到家淋浴。雖然指甲沒有像平常那樣變黑，但是我卻覺得自己的手比以往更髒。

次日原本也因為連假而預定休假，不過我代替峰姊上班。

「我們要回到你的山上。」

我雖然睡眠不足，但是向你報告的聲音很清爽。

「什麼時候？」

你張開想睡覺的眼睛問。

「我計畫在六月九日，所以再睡十次就到了。」

「ㄕㄘ。」

即使不知道正確是多少，應該也會知道這不是很大的數字吧。我把在外面撿拾的松果排列在地上。擺到第十顆，我才發現自己弄錯了，把其中一顆收回口袋裡。

「對不起，應該是再睡九次。」

一瞬間少了一天，讓我稍微受到打擊。

「這裡有九顆，所以在每天開始的時候減少一顆，就知道還要再睡幾次了。」

你盯著松果，嘴裡說著「ㄐㄡˇ ㄘ」。

聽起來不像數字的聲音很可愛。排成一列的松果似乎光憑你的鼻息就會被吹走，但是你或許知道這一點，完全不去碰松果，只是以欣賞魚的眼神注視著。

我之所以選在六月九日，是因為這一天是我和你相逢的日子，也是你的媽媽死掉的日子。我查了值班表，剛好是蓮見，讓我不禁相信是神明借給我力量。

「在峰姊的情況穩定之前，我會暫時不休假來工作。」

我在辦公室對園長鞠躬說：

「昨天很抱歉。我會以我的力量，努力消除那孩子的壓力。所以請讓我這陣子不休假來照顧他。」

我盯著園長的眼睛，說出勉強不算謊言的話。

「不行。不休息的話，有可能會發生意外。」

園長依舊不給人反駁的空隙，不過她的表情似乎稍微有些高興。

「我接受妳的心意。昨天的事，我也明白妳是出自熱誠。請妳繼續努力。」

她這麼說，我也只能退下了。

再過九天，我就不能再和蓮見吃午餐、聽到植木高亢的聲音、看著在屋子裡奔跑的天天得到療癒。想到這裡，就覺得忙碌奔波的這個場所就好像豆大福（註26）般，溫和而微甜。

我像是要品味咀嚼般替你做飯、打掃欄舍並灑水。可以和你一起度過的時間只剩下九天。不，因為有假日，所以正確地說是七天。即便如此，我還是傾力為日本獾的欄舍造園，撿拾鹿群小小的糞便，並且去支援天天的交流時間。我會感受到和你在一起以外的時間也很珍貴，連自己都意外，並覺得稍微有些成長。

每天早上看到你的臉，我就會拿起一顆松果丟到外面。

「還有八次。」我這麼說，你就會模仿並複述：

註26　豆大福：大福是裡面包餡（多為紅豆餡）的麻糬，豆大福則會在麻糬皮加入大豆。

「ㄅㄚ ㄢˋ。」「ㄑㄧ ㄢˋ。」「ㄌㄡˊ ㄢˋ。」

減少的速度雖然快到難以相信，不過看到你日漸高興的臉，我感到悲傷更勝過驚訝的心情。你像是期待遠足的幼稚園孩童般，圓圓的眼睛閃閃發亮，但是我卻無法懷有母親的心情。

和那智吃晚餐也是頗費心的時間。必須裝出和平常沒有兩樣的表情，讓我感到很痛苦，但是要放棄這段時間會更難受。

每次合掌說「我要開動了」的時候，我就會模仿你，在心中默念著「ㄨˇ ㄢˋ」、「ㄠˋ ㄢˋ」。

該做的事都已經做完了，決心也已經很堅定。唯一猶豫的事，就是要不要對那智坦白說出來。

如果告訴他，這是我從十四年前那一天以來一直想做的事，那麼他一定能夠明白，或許還會對我說加油。不過當我看著津津有味地吃著我做的親子丼（註27）的那智，就覺得還是說不出口。

我在三天前寫了給媽媽和爸爸的信，前天寫給鳩子小姐，昨天寫給砂村。今晚我要來寫給那智的信。即使睡不著也沒關係。明天開始就是最後的連假，我只

註27　親子丼：日式家庭料理，在白飯上面淋上滑蛋雞肉，因用了雞蛋和雞肉，故稱親子。

需要以遊客的身分去見你。

「妳上次ＤＩＹ做了什麼？」

這個問題來得很突然。不，我之所以感到突然，或許是因為不希望被問到。

我不禁以不自然的方式迴避視線。

「呃，不是什麼了不起的東西。」

不是什麼了不起的東西——這一點是事實，不是謊言。

我不小心瞥了那智一眼，然後心想糟了。那智什麼都沒說，代表他察覺到我在焦急。背上的汗水像螃蟹冒泡泡般滲出來。

「你為什麼要這樣問？」

我不禁問他。我明知會把自己逼到絕路，卻覺得至少比此刻的沉默好些。早知道還是應該買電視的。搬家的時候，媽媽明明說要買給我，可是我卻說不要那種東西，真是大笨蛋。

「沒什麼，我只是在意，妳替那孩子做了什麼，而已。」

他的句子停頓在很奇怪的地方，可見他也在緊張。

「我為你偽造了卡車的車牌。」

這句話脫口而出。

我還是沒辦法對那智撒謊。即使再怎麼任性，我也不想撒謊。我不想要用另一個冒牌的自己面對那智。

「你？」

那智以為我在指他，因此而混亂。

「我說的你是指那孩子。雖然被擅自取了雪之介這個名字，不過那不是真正的名字，所以我都這樣稱呼。」

我說出祕密，那智便停下握著筷子的手，靜靜地只有在呼吸。

「我打算救出你。」

那智沒有說話。

「小學三年級的時候，我來動物園見你，聽到你說『放我出去』。可是我當時很笨——雖然現在也沒有改變。我為了救你跳過圍欄，造成很嚴重的後果。所以我發誓，一定要救你出去。我雖然笨，不過還是仔細思考，決定要用確實、現實的方式救你。我心想，當上飼育員，或許就能協助你逃跑。事實上我也只想到這個方法。我去馴鹿公園當志工，還去上了無聊的專門學校，做了很多努力。面試過程雖然很糟糕，不過園長卻接納了我，讓我進入這間動物園。一開始被分配到兒童動物園的工作，然後今年熊哥退休了。熊哥是因為太太身體狀況不好才離職的，可是我卻感到高興。」

「不用說了。」

那智終於開口說話。

「我隱約猜到是這麼回事。」

「這樣啊。」

我感到驚訝，卻又不是那麼驚訝。我也隱約猜到，那智應該已經知道了。

「拜託，請你當作沒聽過。」

我這麼說，那智就把筷子放在碗上。他的動作很輕，完全沒有發出聲音。

「不行。這一點我辦不到。」

他的聲音很堅強。

「妳不能做那種事。」

我沒想到他會說出這句話。我以為那智不論如何都會贊成我的做法，即使不贊成，也會偷偷替我加油，溫柔地鼓勵我。

「小雨，妳這樣的做法是錯的。這是犯罪行為。」

「這種事我也知道！」

我站起來，腳撞到餐桌，搖晃了一下。

「我知道，可是我是為了你！」

「真的嗎？這真的是你想要的嗎？」

那智也站起來。碗上的筷子掉下來。

「沒錯，這是你想要的。」

「這種事沒有人會知道。」

「我知道。是你這麼說的！」

「即使是這樣，我也不認為這是正確的。你有辦法在山上生存下去嗎？」

「這種事沒辦法確定。」

「那妳為什麼還要這麼做？」

「即使不確定，可是你如果在這裡、在動物園和我在一起，一定會死掉。就算活著，也跟死掉一樣。」

我的眼底像燃燒般炙熱，臉孔彷彿要碎裂崩落。

「那智不是也知道嗎？我害死了你的媽媽。」

再次從自己口中說出這個事實，讓我感到痛苦、難受。是那智逼我說的。我原本一直以為那智是我的夥伴。

「不對，那是妳自己的主觀想像。」

「不是！」

我伸手抓住門把，卻被抓住右手。

「等一下。」

那智的力氣比我想像的更大，把我拖回沙發的方向。

「妳不能走。」

幸虧他抓住的是我的右手。我用慣用的左手硬是扯下那智的手。我用力甩開他，他便撞上書櫃，書本和筆記本紛紛落在他的頭上。我再次想要開門，被他從背後抱住。

「小雨，不要走。」

他的聲音聽起來完全不像是在爭執。我瞬間失去全身的力量。

我被那智抱住。

先前強大的力氣消失了。他只是從背後溫柔地抱住我。

他的身體雖然很瘦，卻感覺好像非常巨大。

那智什麼都沒有說，只有平靜的呼吸接觸到我的脖子後方。

我聞到帶點酸味而清爽的男生的氣息。

「住手。」

我發出沙啞的聲音，那智立刻鬆開手。

「對不起。」

他只有這麼說，然後打開門，沒有看我一眼就走出房間到走廊上，沒聽見腳步聲，只聽見門關上的聲音。

一般來說，走出去的應該是女生吧？而且這裡是那智的房間。我想到這裡，然後覺得自己真的變成了無聊的大人。

不要走——那智對我這麼說。不讓我出去，或許是那智的心願。這或許也是他的溫柔表現，而這一點仍舊和十四年前的那時候一樣，只會讓我痛苦。

留在餐桌上的親子丼看起來乾巴巴的。我放入嘴裡，難吃到令人不敢置信。可是那智的碗卻已經空了。

地板上散落著書籍和筆記本。我感到可憐，一一撿起來，看到「雨」這個字。封面上寫著二〇〇五。雖然是小學生的字，卻寫得很工整，感覺很成熟。我明知不應該，還是打開本子。

我想要知道那智如何寫下那一天的事，因此讀下去。

每一頁都有小雨。

俱知安沒有梅雨，但那智的日記本裡卻每天都下著雨。

六月九日

今天國道上出現了熊。我覺得很害怕，可是大家好像都很高興。我跟小雨說「好可怕」，她問我「為什麼」，於是我就開始想為什麼。

小雨說的話果然很奇妙，而且我也覺得小雨跟其他人不一樣。

回到家，小雨邀我去看熊。我心想，跟小雨在一起應該沒問題，所以就從雞蛋路走到國道，真的看到熊。那是一隻可愛的小熊。小雨跑過去。這時拿著槍的一群叔叔喊：「危險！」我也感到害怕，對小雨喊：「快點回來！」可是小雨卻對熊說話。

這時出現一隻很大的熊。我心想，小雨會被殺死，可是因為太害怕，雙腳一直發抖沒辦法動。小雨受到攻擊，可是我卻很害怕，這時叔叔他們開槍殺死了母熊。

我嚇得尿出來，媽媽來接我，我就哭了。我聽說小雨去了醫院，已經沒事了，總算鬆了一口氣。不過晚餐雖然是咖哩飯，我卻吃不下。我實在是太膽小了。

上小學之後，我一直被欺負，轉到俱知安，大家也笑我的眼鏡很奇怪，正想著大概又要被欺負了，小雨卻戴上我的眼鏡說「你可以在這樣的世界生活，真厲害」。後來每次有人欺負我，小雨就會生氣。小雨總是保護我，我也最喜歡小雨，可是我卻沒辦法去救小雨，還尿溼褲子。

我是個最糟糕的膽小鬼。我很想見小雨，可是卻有點怕見到她。

六月十日

今天我走出家門等小雨，但是她沒有來。我自己一個人去學校，小雨已經在教室了，可是她卻完全不跟我說話。我正想著小雨會不會跟我說話，尾沼就說小雨違反校規之類的，小雨走出教室，於是我去追她，發現她到保健室睡覺了。

我對她說「幸虧妳沒事」，可是她卻露出悲傷的表情，讓我也很悲傷。小雨問「為什麼大家都這麼體貼」，我告訴她「因為大家都很關心妳」。這時小雨突然哭了。

我想到是我把她弄哭的，覺得很難過。我把昨天小雨給我的饅頭分成兩半給她，可是她沒有拿。

我也開始想哭，立刻到走廊上。小雨一直沒有回教室。午餐時間我吃著冬粉沙拉，突然很想吐，跑到廁所吐了。

我覺得自己一定是被小雨討厭了。我沒辦法救小雨，今天還弄哭她，所以這也是沒辦法的。我想到如果給她最喜歡的馬鈴薯圈，不知道她會不會恢復精神，不過大概還是不行。我打算明天向她道歉，可是不知道該怎麼道歉。我遇到困難都會去問小雨，現在到底該怎麼辦？希望明天小雨就能恢復精神，或者是後天恢復精神，不過如果沒有恢復怎麼辦？我的鼻水又開始流個不停。

六月十一日

今天學校放假，所以沒有見到小雨。我感到猶豫，不過因為很在意，所以還是去了小雨家，原本想要按門鈴，可是卻因為害怕就沒有按。

六月十二日

今天學校也放假。不知道小雨恢復精神了沒有。如果她恢復精神，應該會來我家玩，所以大概還是沒有恢復精神吧。

六月十三日

星期一終於到了，可是小雨還是沒有來接我。不過進了教室，我鼓起勇氣對小雨說早安，她也對我說早安，讓我有些高興。不過我們沒有講到其他的話。

六月十四日

今天輪到我負責分配午餐。我把果凍放在小雨的盤子上，猶豫著要不要對她說話，可是卻說不出來。不過我撿起小雨掉到地上的橡皮擦，她就對我說「謝謝」。小雨看起來跟平常一樣，真是太好了。

六月十五日

今天放學後，小雨到電腦室，不知道向六年級請教什麼。她平常都會來問我，所以我感到很傷心。今天我們也沒有講到話。

六月十六日
今天和昨天幾乎一樣。我跟小雨早上也沒見面，沒有一起回家，也沒有一起玩，所以幾乎沒有事情可以寫。

六月十七日
今天和昨天一樣，沒有事情可以寫。

六月十八日
今天我和媽媽一起去眼科，回家時她說要買書給我，所以我就選了《哈利波特大辭典》。這是小雨想要讀的。除此之外沒有發生別的事。

六月十九日
媽媽突然問我，如果爸爸要調到外縣市怎麼辦，我說絕對不要。轉學就不能再和小雨玩了。不過現在也沒有在一起玩，所以也許一樣吧。

六月二十日

今天放學回家的時候，我看到小雨。她似乎很著急。我很在意，就追在她後面，一直到尻別川。小雨和餵鴿子的老太太說話，讓我很驚訝。

那個人是被大家稱為鴿婆婆的人。大家都怕她，我也有點害怕，可是小雨似乎很愉快。看到兩人很要好地聊天，我感到有點寂寞。

六月二十一日

今天小雨偷偷地把午餐的吐司放進書包，我猜想她一定是要去餵鴿子的老太太那裡一起餵鴿子。所以我就回家，拿了餐桌上的兩顆橘子到河邊，可是只有餵鴿子的老太太在那裡，沒有看到小雨。我鼓起勇氣問「妳是小雨的朋友嗎」，老太太卻回答「你說呢」。

我把橘子拿出來給老太太，她就說「謝謝」。我跟她說，請妳把另外一顆給小雨，然後回家。

我告訴媽媽餵鴿子的老太太是好人，她就罵我說：「不可以跟陌生人在一起。」媽媽告訴我小孩子被綁架失蹤的事件，讓我感到害怕。她說「去跟朋友玩」，可是我現在不能和小雨玩，所以也不知道該怎麼辦。

六月二十二日

我跟小雨說「早安」，她也跟我說「早安」。她沒有提起橘子的事，所以我不知道她有沒有吃。

六月二十三日

小雨竟然在跟美琴說話，讓我好驚訝。她們星期天好像要一起去露營。我感到有點傷心。

六月二十四日

我過著自己的生活，盡量不去在意小雨的事。

六月二十五日

今天學校放假，所以我感到有些輕鬆。我在媽媽叫我念書之前就去念書，晚餐時間她就做了牛肉燴飯。

六月二十六日

今天天氣很好，媽媽跟我說「去外面玩吧」，可是我不知道該去哪裡玩。小雨跟美琴她們一起去露營，所以我很慶幸天氣很好。

六月二十七日

今天小雨請假沒來學校。她好像也沒跟美琴她們去露營，而且好像感冒了。我感到很擔心。

六月二十六日

今天小雨還是請假。我因為很擔心，所以放學之後就到小雨家。我鼓起勇氣按門鈴，她的媽媽開門，說小雨出去了。我問：「她不是感冒了嗎？」她就問：「小雨在學校有沒有什麼變化？」伯母好像很擔心。我問：「為什麼？」她就說，小雨前天自己一個人到仙台的動物園，跳進熊的圍欄裡。我嚇了一跳。當我知道那隻熊正是我們接近的小熊，就感到非常難過。

接著伯母說：「剛剛說的事情，可以請你保密嗎？」我說「好的」，又說「我來這裡的事，也請妳保密」。

我猜小雨想要去救那隻小熊。而且她還一個人去仙台。我覺得她很厲害、很了不起，可是我什麼都沒有做，實在是太差勁了。

我到河邊，看到小雨和餵鴿子的老太太愉快地聊天。老太太大概是小雨的新朋友吧。回到家，我掉下眼淚。

六月二十九日

小雨來上學了。小雨感覺很認真，把老師說的話仔細記在筆記本上。我覺得小雨好像不是平常的她。用功讀書明明是好事，為什麼我卻沒辦法高興呢？

小雨放學之後一直待在電腦室，好像在調查什麼。她從圖書館借書，雖然不知道是什麼書，不過我知道她在看的是有關將來工作的書架。我心裡很在意。

六月三十日

今天我又到電腦室，五年級的人就教我使用方式，還教我查「瀏覽紀錄」，可以看之前搜尋過什麼。我查了小雨用過的電腦的瀏覽紀錄。我感覺自己在做壞事，胸口一直怦怦跳。

結果出現一大堆動物園飼育員的網頁，讓我感到很驚訝。小雨大概打算當飼育員，將來去照顧那隻小熊。小雨真了不起。可是我卻在做這種像偵探的事情，好像傻瓜一樣。

七月一日

今天放學之後，我去見餵鴿子的老太太。媽媽雖然說不行，可是她和小雨很要好，所以應該不是可怕的人。我希望自己也能幫小雨，不過老太太卻說「最好不要去打擾那孩子」。我問她「為什麼」，她說「因為那孩子找到了比其他一切更重要的東西」。我心想，這是真的。一定就是那隻小熊。

吃晚餐的時候，爸爸突然說：「這次要被調到東京。」媽媽說：「如果優介不想轉學，可以讓爸爸自己一個人去外地上班。」我立刻說：「我也要去東京。」因為小雨已經找到重要的東西，所以我想，這樣剛剛好。

七月二日

我決定不寫日記了。

七月二十二日

今天是在俱知安國小上學的最後一天。大家替我舉辦送別會，玩「丟手帕」和「大風吹」。接著大家一起唱〈謝謝，再見〉。接著老師拿出紙板，要小雨交給我。小雨遲疑了一下，好像不願意交給我。我感到很難過，覺得不想要那種東西。

不過我很在意小雨寫什麼。到家之後，我覺得很寂寞。想到以後一輩子都見不到小雨了，我的心跳就加快，覺得這樣更可怕，於是就跑到小雨家。小雨還沒回家，所以我在她家門口等她，看到小雨踢著石頭回來。

我看到小雨的臉，心想必須要好好跟她說話才行，就說「殺死小熊媽媽的不是妳」。當時如果我不害怕，能夠阻止小雨，沒有尿溼褲子而能夠保護小雨，就不會發生那種事了。所以我想告訴她，全部都是我的錯，小雨就說「謝謝」。她笑著說「我不要緊」，可是我卻哭了。我明明是男生卻很懦弱，即使想要忍耐，眼淚也一直掉個不停。

這時小雨說「再見」，把石頭踢過來。我想要踢回去，可是又覺得這是小雨送我的最後禮物，就把石頭撿起來放進口袋，然後說「再見」。我的眼睛大概很紅，又流了很多鼻水，所以沒辦法回家，就躲到社區大樓後面，看有大家簽名的紙板上的字，小雨的部分寫了英文給我。

我回家查字典，才知道那是「你可以做到」的意思。

我想要改變懦弱的自己，所以難得寫日記。我今後要努力變得堅強，成為可以保護小雨的人！YOU CAN DO IT！

看到強有力的字跡，我闔上日記。

我的心就像舊抹布一樣，既骯髒又破爛，快要穿孔。我無法支撐好像吸了水變得沉甸甸的身體。

那智一直想著我，就像我想著你。可是我卻完全沒有注意到那智的事。

YOU CAN DO IT！

給我橘子、讓我找到那句話的人，不是鳩子小姐，而是那智。

我站起來時有些搖晃，便伸手扶住書櫃。書櫃角落有東西在發光。透明瓶子裡放了小小的石頭。那是我最後踢出去的石頭。如果沒有讀日記，大概不會發現到吧。我果然不知何時變成無聊的大人——不，應該說是變成無聊的人。

我聽見敲門聲。

「小雨，我可以進去嗎？」

明明是自己的房間卻這樣問，很有那智的風格。

「嗯。」

門被歉疚地打開，那智回來了。他的動作很不可靠，側臉卻顯現強烈的目光，和剛剛的那智簡直判若兩人。一定是因為我知道了那智心中的想法。

「對不起，我擅自讀了裡面的內容。」

我把日記放回書櫃，那智突然臉紅。

「沒有，我才應該說對不起。真的很對不起。妳覺得很噁心吧？」

「沒那回事。」

我立刻回答，那智的臉變得更紅了。

「對不起。我完全不了解那智的心情。」

我只能這麼說。雖然還有更想傳達的心意，可是卻無法化為言語。

「那只是我自己單方面的心意。而且這一來，就省去說出來的工夫了。」

那智邊說邊坐在沙發上。他的屁股輕輕地坐在邊緣。

「我放在那麼明顯的地方，或許是心裡有點期待哪一天小雨可以讀到吧。」

就連那智也有自己不知道的事情。我只是默默不語。

「以前我說過，因為沒辦法保護貓，所以才想要當獸醫吧？那是騙妳的。」

那智拿起放了小石頭的瓶子。

「我不是想要當獸醫，而是想要當月之丘動物園的獸醫。我是為了待在小雨身邊。」

我說不出話來。

「我之所以跟著動物園的橋本老師學習，也是基於這種不純正的動機。」

這樣叫不純正嗎？我不知道。

「結果兩年前小雨就已經實現夢想，讓我覺得好厲害。我真的很佩服妳。」

「我並沒有實現夢想。」

「嗯，說得也對。不過多虧如此，我才能和小雨重逢。雖然只有一個星期，不過可以跟小雨在一起，我就很幸福了。但是小雨還是只看著那孩子……看著你。我不在意這一點。我想說這樣也沒關係。」

那智說到這裡，輕輕吸了一口氣。

「我夢見小雨跳過柵欄，和你手牽手逃離動物園。」

我也吸了一口氣。

「雖然只是夢，可是卻不像是夢。我猜想，也許小雨真的想要幫助你逃亡，也許小雨的心情仍舊和從前跳進柵欄裡面的時候一樣；所以去年我才轉到這裡的大學，覺得必須待在妳身邊才行。」

「你是指，為了監視我？」

「不是。」

那智否定的聲音中帶有力量。

「跟小雨一樣。就像小雨想要幫助你逃出來，我也想要幫助小雨。」

我看得見直直插入地面般的意志。我看過這樣的銳利意志。我從以前就知道，那智心中也懷有和我一樣的東西。

「小雨也被關在動物園的籠子裡。」

我跟你一樣？我完全沒有想過這種事。

走出俱知安車站，羊蹄山立刻映入眼簾。即使嘆氣，深綠色也不為所動。明知這是理所當然的事，但是我卻感到不耐，或許是因為我自己沒有變化。我和鎖上你的鐵欄杆那時候完全一樣。我對於只能回到這裡的自己感到難為情。我沒有任何成長，到頭來只能依靠鳩子小姐。我為這一點而懊惱，刻意背對河岸，當作些許的抵抗。我前往雞蛋路，發現那裡變成一片寬闊的田地。

世界在變化。無情的現實彷彿抓住我的肩膀用力搖晃。我為了逃避而向前走，看到好一陣子沒有回來的老家顯得有些陳舊。

「雨子？」

媽媽的聲音聽起來也有些疲倦，不過也許是我多心了。她或許只是因為驚訝而說不出話。

「妳怎麼突然回來了？」

「我今天休假，可是沒事做，所以想要回來看看。」

「是連假嗎？」

「嗯，我想要住一晚。」

我把背包放在客廳，媽媽就像鬧彆扭的小孩子般笑了。她立刻打開手機，傳簡訊給爸爸。

「如果妳早說，爸爸就可以提早下班去接妳了。」

「幸好我沒說。」

我說出不可愛的回答，心想原來自己還滿鎮定的。我從餐桌上的籃子裡拿了香蕉。我的肚子也很正常地餓了。

「妳想吃什麼？」

媽媽果然很普通，對於好久沒有返鄉的女兒，只說些誰都會說的話，而這些話給予我普通的思考。我心想，這樣的媽媽也不壞。

「我要吃漢堡排。」

我回答之後，媽媽就打開冷凍庫，讚揚自己事先買了很多絞肉。我停下原本要剝皮的手，把香蕉放回籃子裡。我坐到沙發上，回答媽媽的問題，包括工作、飲食生活還有其他各方面。我雖然有兩年沒回家，不過半年前也見過媽媽。她當時抱怨我在新年假期也不回家，特地到仙台跟我一起過夜。當時她也是自己一個人不斷在說話，今天更嚴重，嘴巴動得比捏絞肉的手還多。然而過了一陣子，她的聲音突然改變溫度。

「雨子，發生什麼事了？」

不愧是（或者應該說果然還是）我的媽媽。

怎麼辦？我沒辦法說出那智或你的事。

我知道那智的心意之後，內心的確產生動搖。過去我沒有遇過這種事，也沒有想過會變成這樣。這是要選擇我的人生或那智的人生、要以哪一邊為正確答案的大問題。我越想越糊塗，覺得只能依靠鳩子小姐，所以才回來。這一點對媽媽很失禮。我喜歡媽媽，但不想要依靠她。正因為知道這一點，所以才覺得在廚房拚命捏絞肉的媽媽看起來很空虛。

「我見過砂村了。」

我覺得這件事應該老實告訴媽媽。

「他到那須高原，所以我就去見他，談了一些話。」

「這樣啊。」

媽媽的右手沾滿絞肉，小聲回答。

「媽媽，爸爸其實很珍惜我。」

我說完才發現我把他叫成爸爸。不過應該已經沒關係了。兩邊的爸爸我都喜歡，所以我希望她能原諒我。

「爸爸只是跟媽媽的想法有點不一樣。」

「是啊。」媽媽的回應很簡短。

「可是也有相同的地方。」

我這麼說，就聽到擤鼻涕的聲音。

我沒有再多說什麼。即使不說，我的想法應該也已經確實傳達給媽媽。

漢堡排煎熟的時候，爸爸彷彿算好時間般回到家。他似乎是在看到媽媽的簡訊之後，立刻飛奔回來。

「妳要回來的話，應該先說一聲才對。」

他雖然抱怨，但是看起來很高興。明明是飛奔回來的，可是卻照例拿著蛋糕盒。

或許是因為跟媽媽說了想說的話，所以我能夠以平穩的心情吃漢堡排。盒子裡被壓扁的巧克力蛋糕，我也全部吃光光了。

「爸爸，雖然現在說好像太晚了，不過我不是很喜歡吃蛋糕。」

能夠老實說出來，對我來說是很大的進步；能夠覺得沮喪的爸爸很可愛也是如此。變成大人或許並不全都是壞事。

「對了，爸爸。」

「嗯？」

看到嘴角沾著巧克力的爸爸的臉，我打消了原本的念頭。我本來想要謝謝他在我去警察局那天給我的暖暖包，不過還是決定算了。

「謝謝你一直以來的照顧。」

我只說了這句話，爸爸便默默無言地搖頭。我感覺眼睛內部熱熱的。

我早起走出家門。到了六月仍舊冰涼的空氣讓我感到懷念，身體無法靜下來。

昨天我難得和爸爸媽媽一起吃晚餐，對他們表達感謝。不過即使泡了熱水澡，在柔軟的床墊上睡覺，還是沒有解決任何問題。越是感覺到家的溫暖，那智的心意越是壓迫在我的胸口，讓我坐立難安。

鳩子小姐在不在那裡？她會等我嗎？很久以前寄給她的信沒有收到回音，也讓我擔心別的事情。我擔心她會不會生病了，不過這只是杞人憂天。我爬上堤防，立刻看到粉紅色的背影。

「鳩子小姐！」

我忍不住高喊並揮手。她雖然沒有回頭，但是我相信她沒有變。仔細想想，沒有回信這一點也很像鳩子小姐的作風。

「鳩子小姐。」

我走近她，她才總算回頭。

「妳是誰？」

我感到毛骨悚然。她的確是鳩子小姐，但是有哪裡不太一樣，不是我認識的鳩子小姐。她明確地用看到怪東西的眼神看向我。

「我是誰？鳩、鳩子小姐，請別開玩笑。是、是我。」

我沒辦法好好說話，無意識地伸手碰觸鳩子小姐的肩膀。

「別這樣。」

她甩開我的手，但是力氣很虛弱。不過這應該是她最大的力氣。我立即主動退開。我很快就知道她不是在開玩笑，也不是在騙人。她既不是在躲避我，也不是不理我。鳩子小姐的眼睛就像在空中游泳的金魚般飄忽不定，聲音中充滿恐懼。

她忘了我。

鳩子小姐得了老年痴呆症。從她的眼神，我確信了此事。

我的腳退後一步，離開鳩子小姐。我一步步地離開她。我希望她聽我的煩惱，告訴我該怎麼做。不，不對，更重要的是，我想要見她。我只是想要和鳩子小姐談話。可是鳩子小姐已經不在了。我原本多少以為即使世界持續變化，人——人的內心仍舊不會變化，不過我果然太天真了。那只是幻想，只是主觀想像。我的身體沒有辦法使力，感覺很想吐。我已經不知道該怎麼辦。我不知道該如何活下去。沒有人能夠教我。鳩子小姐心中已經沒有我。

我只聽見流水聲，耳朵深處彷彿逐漸變溼。我正因為冰冷的感覺而變得呆滯，又聽到別的聲音。

那是我聽過的細微聲響，是我聽過好幾次的溫暖聲音。

我看見藍色。比以前瘦小許多的鳩子小姐後方，是一片遼闊的天空。

細微的聲音重疊在一起，轉變為很大的音量，就好像班上所有同學一起唱的合唱。像是那美好的愛情。灰色、黑色、褐色、白色的暗沉身體遮蔽天空。有個性的各種色彩伴隨著拍翅聲逼近。

鳩子小姐雙手插入口袋，然後使勁往天空拋。麵包屑像魔法般在空中飛舞。

鴿子說：還要更多！給我們更多！

鳩子小姐揮起瘦瘦的手臂，像是在回應要求。她以自己最大的力氣，盡情地揮起好似隨時會折斷的手臂。

鴿子在笑。

鳩子小姐也在笑。

次日八點以前，我就進入動物園。我換上連身工作服跑到欄舍時，你還在睡覺。

牆邊放著三顆松果。峰姊果然是好人。我很感謝她保留原狀，並且再度對於你弄傷她一事感到歉疚。我輕輕打開門，你聽到聲音就醒來了。

「早安。」

我溫柔地打招呼，回覆我的是更溫柔的聲音——

「早安。」

我拿了兩顆松果，你看著只剩一顆的松果。

「還剩下一次。」

我這麼說，你就很高興地回覆：

「嗯。」

我很有精神地把松果丟到外面。

「很高興看到妳這麼有精神。」

昨天道別的時候，爸爸對我說。

「嗯，所以不用擔心。我只是自己想來，所以現在也要自己回去了。」

我明確地拒絕他們到機場送行，兩人便無奈地笑了。

「下次也自己再來吧！」

爸爸有些不滿地揮手，媽媽又擦拭著眼淚。

我已經下定決心。

鳩子小姐雖然忘記了我，可是她卻對我揭示答案。

即使失去記憶，她對於鴿子的愛仍舊沒有改變。

看到她強有力的笑容，我下定了決心。

遠處出現園長在掃地的身影。我上次把園長看成鳩子小姐，這次則把鳩子小姐看成園長。雖然很奇妙，不過我現在可以理解其中的理由。

兩人雖然過著相反的生活，但卻看著同樣的場所。她們都是為了守護某個對象在生活。砂村和那智也一樣，而我也希望如此。

我聽著宣告閉園時間來臨的〈螢之光〉（註28）旋律，多切了明天用的蔬菜。我把蔬菜放在你的寢室外面，然後搬來乾草堆在後方。園內的工作到此結束。

我從背包拿出大瓶子，使勁轉開瓶蓋，和那智在一起的回憶就從鼻子鑽進來，同時也喚起砂村顯得羞澀的背影。

我把蜂蜜倒入臉盆。無聲緩緩流下的琥珀色，在黑暗中似乎也綻放光芒。這是蜂群努力的結晶。無法稱作液體或固體的水滴連結，讓我感受到生命。

「這是我給你的最後禮物。」

我遞出蜂蜜，你就很慎重地用右手撈起，直接送到嘴裡。我覺得好像聽見舌頭發出很俐落的舔東西的聲音。

我想要問好不好吃，但沒有那個必要。你的眼睛就像看到寶物一樣閃閃發亮。我的眼睛注視著這幅景象，大概也染

註28　螢之光：將蘇格蘭民謠〈Auld Lang Syne〉（即中文常唱的〈驪歌〉原曲）改編為日文的歌曲。在日本商業設施或公共設施即將結束當日營業時間時，常會播放這首曲子。

成了彩虹色。

「我會在今天深夜來接你。」

我對你說，你便點頭。

「我會等妳。」

你的聲音很輕鬆，讓我無法直視你的臉。

我離開動物園後搭乘地下鐵，到仙台站前的不動產仲介公司，告知我會在一個月後搬出去。

「是嗎？好的，謝謝通知。」工作人員公式化的回應，推動我繼續向前。

我開始把房間裡的東西放入紙箱。我拿起為了成為飼育員而積極閱讀的書翻開，然後意識到這是無意義的舉動。留著這些書也沒有意義，丟掉吧。一旦這樣想，就了解到房間裡的所有東西都是可以丟掉的。食物、餐具、料理用具、洗潔劑、洗髮精、馬桶刷……我把各式各樣的東西塞入付費垃圾袋裡。我只塞了幾件衣服到背包裡，剩餘的都直接放入垃圾袋。這世界上的大部分東西或許都是不需要的。

我把手伸進櫃子內部，摸到硬硬的東西。我抓住那東西拿出來，發現是馴鹿的角。三太先生給我的鹿角勾動我的內心。我思索應該把它當作可燃還是不可燃垃圾，不過還是無法把它丟掉，因此便插入背包裡。

不要的東西在垃圾場堆積如山，最多的是工作用的資料。紙張疊起來的景象，看起來像札幌或仙台的高樓群。渺小的自己感覺好像稍微變大了些。我以強健的腳步回到房間，看到那智站在門口。

那智看到空無一物的房間，似乎很驚愕。

「妳真的要走了？」

「嗯。」

我從冰箱拿出之前買的兩公升的茶，才想到我已經把杯子都丟掉了。我正猶豫該怎麼辦，那智就說：

「我希望妳再考慮一下，放走你真的是為了你好嗎？」

這種事，打從一開始，我就一再反覆思考過了。我試圖在言語之外傳達這一點，但果然還是無法傳達。那智以懇求的眼神看我。

「一直在動物園長大的熊，有辦法找食物嗎？睡覺的地方怎麼辦？搞不好會死掉。」

「不會有問題。」

「妳怎麼知道？」

「是你說沒問題的。我可以聽到你的聲音。」

我老實說出來，那智並沒有露出不敢置信的表情。

「那有可能只是小雨的主觀想像。」

他為了避免傷害我，有些躊躇地斟酌字句。

「這世界上的所有事情都是主觀想像。」

我直接引用鳩子小姐的話，那智便沉默不語。

「這是以前鳩子小姐對我說的。我也一直都這麼想，不過現在覺得或許有些不一樣。」

讓我察覺到這一點的，也是鳩子小姐。

「鳩子小姐為鴿子著想的心意不是主觀想像，園長替動物著想的心意、我為你著想的心意，也不是主觀想像。這些都是真實的。」

我現在能夠很肯定地斷言，也如此相信。

「那智說過，我也被囚禁在籠子裡。我也覺得沒錯。不過正因為如此，我才要和你一起逃跑。」

「我為小雨著想的心意也不是主觀想像。」

那智的聲音恢復力氣。

「你們沒辦法一起逃走。如果逃走，放你逃走之後，小雨又會恢復孤單了。這樣也沒關係嗎？」

「沒關係。害你變孤單的，是──」

「才不好！」

害你變孤單的是我——我想要這麼說，卻被打斷。我是第一次被那智打斷自己要說的話。

「我在高中的時候，在我的眼前、就在我的眼前——」

那智說到這裡停下來，聲音微微顫抖。

「不行，我還是沒辦法好好說清楚。妳等一下。」

他衝出房間。

我把茶收進空空的冰箱裡，坐在床上。我望著好像開了大洞的地板，那智很快就回來了。他從背包拿出筆記本，打開中間的一頁遞給我。

「我希望妳讀一下這裡。」

上面的字跡比我上次讀到的更成熟，似乎是高中時的日記。我看到第一行，就理解那智為什麼沒辦法用說的。

十二月十四日

我在澀谷買了參考書，走到車站，眼前突然有卡車衝過來。走在前方的人一個接著一個被車撞飛到百貨公司前方。我不知道發生什麼事，呆呆地站在原地。一名男子從卡車下來，喊些意義不明的話揮動刀子。大家都驚慌失措地逃跑。人與人撞在一起，有女人跌倒了。我正想著危險，那個人就被男人刺傷，想要去救她的男人也被刺了。我看到如此異常的光景，想起當時的事情。

那一天——我沒辦法阻止小雨的那一天、熊被射殺那一天的情景，鮮明地浮現在我腦海中。男人去追逐別的女性。我聽見恐懼的尖叫聲。我必須去救她，但是雙腳卻無法動彈。

我不想死，可是這次和當時尿溼褲子的自己有決定性的不同。

我心想，我不能死。我必須去救小雨，所以還不能死在這種地方。我也許是個很任性、很差勁的人。

如果有上帝存在，會原諒像我這樣的人嗎？

我闔上筆記本，光是呼吸就已經很勉強。

「小雨，妳也覺得我很差勁嗎？」

我立刻搖頭。我不可能會這麼想。我可以挺起胸膛說，即使逃跑也不是罪惡，不是錯誤。不過更重要的是，那智竟然如此為我著想。

「謝謝。」

我自然而然地表達感謝。

「即使我在同樣的場所，一定也一樣。我會覺得我必須為你活下去。」

我覺得我們是一樣的。這十四年來被囚禁的，不是只有你跟我。

「那智，已經夠了。你也從籠子裡出來吧。」

我緩緩地說話，那智沒有回答。

沉默持續了好一陣子，但是我不再感到害怕。

我拿出砂村的放大鏡，放在那智的手上。我覺得自己已經不能再拿著這個，卻又沒辦法丟掉。

「好吧，我知道小雨的心意了。我不會再認為必須為了小雨而出面阻止。剩下的只是為了我自己，希望妳聽我任性的心願。」

我點頭，那智就問：

「我和你，妳喜歡哪一個？」

「喜歡哪一個？這種問題……我對你不是喜歡或不喜歡的問題……」

我邊說邊感到驚慌，然後又為了這樣的自己更加感到驚慌，心臟劇烈跳動。

「不是『喜歡』。小雨『愛』的是你。」

愛。

直到現在，我從來沒有這樣想過。不過，或許——雖然不同於喜歡或戀情之類的，不過這或許的確是愛。我完全不知道愛是什麼，但是如果被說這是愛，那麼也許真是如此。

「那智，愛上某個對象是怎麼回事？」

我問那智，他便直視我的眼睛說：

「我不知道，不過我知道我愛小雨。所以我希望妳不要去。」

那智從背包拿出某樣東西遞給我。

「打開看看。」

這是小小的盒子。我猜到了裡面裝的是什麼。雖然因為接收了太多想法，腦筋跟不上，不過我至少也知道深藍色的絲絨盒是戒指用的盒子。

我戰戰兢兢地拿在手上，用手指摸索並打開小盒子的蓋子。

裡面裝了戒指。

我屏住呼吸。

「請妳跟我結婚。」

我的呼吸停止，不是因為這句話。這只戒指是現在的我、成為大人的我無法想像到的。

我默默無言，那智便伸手碰觸我的左手。就像我碰觸你一般輕輕地、悄悄地。那智用右手捏起戒指，想要戴在我的無名指。

但是戒指卡在指尖。

「果然還是戴不上去。」

那智噗哧地笑了。他看起來很寂寞，彷彿已經知道我的回答。

「因為已經變成大人了。」

我也笑了。我對自己變成大人感到寂寞。

但是我對那智的心意很高興。小學的我滿臉通紅地感到高興。

「謝謝。」

我鄭重地看著那智的眼睛。

「我想，我的確愛你。」

那智默默點頭。

他的眼睛很溫柔，也很堅強。我看得到一顆很寬闊的心。

「太好了。這樣我就不用買幾十萬的戒指了。」

那智靦腆地穿上鞋子。他打開大門，停下腳步。我看著靜默的背影，心想那智果然早就知道我會做出什麼結論。

「再見，那智。」

我想起那年夏天曾說出同樣的句子，那智也回覆同樣的句子。

「再見，小雨。」

然而此刻他的聲音已經不再像那一天那麼虛弱。如果腳邊有小石頭，那智大概不會撿起來，而會踢回來給我。

門關上的瞬間，我咬了無名指。

甜味從舌尖擴散，眼前浮現一望無際的馬鈴薯田。馬鈴薯圈碎掉的「咔哩」聲，不知道有沒有傳到那智耳中。

戒指雖然無比美味，但是對於現在的我，感覺稍微鹹了一點。

不可思議的是，我完全不感到緊張。

我睡了整整三小時，醒來也沒有睡意，只有去做該做的事的意志。

我在二十三點抵達動物園。我前往側門，警衛立刻替我開門。

「怎麼了？」

「我接到值班的人通知，說雪之介的情況有點奇怪。」

「那就糟了。真是辛苦妳了。」

我對體貼我的警衛感到歉疚。

進入辦公室，蓮見面對著電腦。

「咦？妳怎麼來了？」

「今天雪之介的情況有點奇怪，我心裡很不安，睡不著覺。我想到今天輪班的是妳，所以就過來了。」

我鞠了一躬，蓮見便笑了。

「這樣啊。妳真熱心。」

「妳才是。這麼晚了還在用功嗎？」

我探頭看電腦，上面顯示關於侏儒河馬的論文。

「沒有，只是打發時間而已。」

她總是不表現出在努力的樣子。我很喜歡她這一點。

「要不要我陪妳去？」

「不用了。如果有不熟的人在場，就會變得興奮。」

我面帶笑容拒絕，蓮見便回應「說得也是」，然後回到座位上。

我從鑰匙盒同時拿出欄舍的鑰匙和卡車的鑰匙。

「我去看一下情況，如果沒事的話就會直接回去。我不想要打擾到妳打發時間。」

「好好好。那麼妳也努力去打發時間吧。」

我聽著蓮見嘲諷的聲音，停下腳步。

「那個……蓮見。」

「嗯？」

「我也覺得花見過得很幸福。」

我傳達重要的想法，蓮見什麼話都沒有說。

「還有，這次要進來的侏儒河馬，我相信一定也會很幸福。」

蓮見默默地看著我的眼睛，然後破顏而笑。

「謝謝。」

她那雙像鼴鼠般圓滾滾的眼睛顯得很美。

我單方面從她那裡得到勇氣，開始奔跑。我坐上停在後院的卡車，維持在一檔開上斜坡。我聽到醒著的動物發出的聲音，配合這些聲音深呼吸。

我把卡車停在欄舍前，將鑰匙插入門把。我靜靜地打開門，你在鐵欄杆的另一邊等我。

「久等了。」

「嗯。」

我看到這雙眼睛，確信你的聲音果然不是我的主觀想像。

我撿起最後一顆松果遞給你，但是你沒有收下。

「我們要回到你出生的山上。」

「嗯，回去吧。」

就像還沒有踩過腳印的新雪般，你的聲音很純潔。

「要一直待在車上、躲在很狹窄的地方，有辦法忍耐嗎？」

「多久？」

聲音雖然很輕盈，但是確實在我心中留下腳印。

「大概要等到太陽升到上方、外面變得很亮為止吧。」

「嗯，我知道了。」

「如果不保持安靜，就會被帶回這裡，知道嗎？」

「嗯，我知道了。」

你說話很有禮貌，就像以前的那智一樣。

我開始把堆在外面的乾草鋪在卡車的載貨臺。我把裝滿蔬菜的貨箱放上車子，準備就完成了。

「那就走吧。」

我把手放在鐵欄杆上時，鐵條發出喀噠喀噠的聲音。

我往下看，地面在搖晃。喀噠喀噠聲越來越大，宛若地鳴一般。我回頭看到鐵軌，火車從遠方接近。我握著的鐵條轉變為操縱桿。我抬起頭，發現你坐在鐵軌上。分歧的鐵軌另一邊沒入黑暗。我凝神注視，看到至今為止的人生朦朧浮現。轟鳴伴隨著火車逼近。我在昏暗中看到過去照顧過我的人，便把視線移開。

我沒有猶豫。在火車通過眼前的同時，我使勁拉起操縱桿。

門發出「唧」的聲音打開。你站起來看著我，巨大的身體遮蔽我的視野，但我不再猶豫。你把前腳放在地上開始走，我便打開欄舍的雙重門。

你緩慢地跟隨著我來到外面。

周圍沒有人，也沒有聲音。醒著的動物似乎也都默默地關注著我們。

你停下腳步，望著夜空。就好像在尋找月亮般，靜靜地仰望空中，然後緩緩地坐上卡車。

我打開車窗，夜風便吹進來。令人難以想像是在都會的清淨空氣吹拂著我的頭髮。我從後照鏡檢視後方的小窗戶，不過你隱沒在陰影中。我想要早點讓你能夠盡情吸入這樣的空氣。天空雖然漆黑，卻很晴朗，顏色是非常深的藏青色。

「辛苦了，路上小心。」

我告訴警衛一大早要去拿特殊的飼料，警衛就欣然為我開門。

對不起。我在內心道歉，然後和你一起脫離動物園。

我把卡車停在公寓前，奔回房間。我捧著亞馬遜寄來的深綠色貨車帆布，借用立在垃圾場的三角梯，從載貨臺上方覆蓋帆布。厚厚的布料比我想像的還要沉重，讓我滿身大汗。

半夜做這種事，被人看到一定會被懷疑吧。如果發出聲音，或許還會被報警。想到這裡我就覺得害怕，不過你在裡面乖乖等候。光憑這一點，就讓我產生源源不絕的力量。花了頗長的時間之後，卡車總算被厚厚的綠色帆布覆蓋，完全遮住「月之丘動物園」的文字。我沒時間休息，又拿起螺絲起子換裝車牌。我把真正的車牌放在背包裡，然後輕輕敲門。

「接下來又要動了。小心點。」

「嗯。」

回答雖然簡短，不過你的回答總是讓我產生幹勁。

我檢視手錶，時間早就已經變成九日。

這是我跟你相逢的那一天。從我害死你媽媽的那一天，已經過了十四年。感覺好像很長，又好像很短——我陷入這樣的感傷中，不過這只是假象。怎麼想、怎麼看，都是壓倒性漫長的時間。

和歲月的路程相比，俱知安很快就會到了。橘色的路燈接近就消失，消失後又再度出現，像走馬燈般讓我想起過去的記憶。

只要沿著東北自動車道直線前進，就可以到達本州最北端。我抓著不需動太多的方向盤，腳一直踩著油門。柏油路很容易行駛，道路也一直都有照明。為了建造這條路，不知有多少人流下多少汗水。我一方面感受到人類的偉大，另一方面又想到，為了這條舒適的移動裝置，不知道有多少土地被夷平、有多少樹被砍伐、有多少生命被奪走，內心就會感到難以忍受。

我為了救你，行駛在犧牲無數生命而誕生的道路上。

我宛若被拋到黑暗的宇宙當中，無法做任何思考。即使如此，車子也沒有停下來。每當看到距離青森還有幾公里的數字，我的思考就會驀地抬起頭。過去不論如何努力，一天感覺都只前進幾公分，可是現在卻以一小時一百公里、一秒二十八公尺的速度前進。在任何動物都無法匹敵的這個速度之下，風感覺很痛，而且快到連眨眼都無法追上。

我沒有用力踩油門，也沒有對後方的你說話。我沒有打開收音機，只聽著引擎的聲音通過休息站。向前奔馳就是一切，現在要做的只有這個。能夠追上我們的只有天上的月亮。

下了高速公路，右手邊的天空變得明亮。太陽正要探出臉，但是卻無法照射到載貨臺內。我沒有權利欣賞美麗的日出。我在睽違許久的紅綠燈前停下來，打開窗戶深呼吸。海岸的氣息鑽入我的鼻子裡，港口似乎近在咫尺。

我換到高速檔繼續行駛，還沒看到海就看到渡船。雪白的巨大身軀反射著朝陽。時鐘顯示四點多，距離出航還有五十分鐘，完美依照預定計畫進行。我把卡車開入渡船碼頭，拉起手煞車。我打開載貨臺，你躲在乾草當中。朝陽雖然還沒有照射進來，不過外面的藍色讓你不斷眨眼睛。

「接下來要渡海。我們要坐船，所以你一定要保持安靜。」

「嗯，我知道了。」

你說完把臉埋回乾草中。

我不知道你是否真的知道意思，不過這句「我知道了」隱含奇妙的力量，讓我覺得意思或理由都只是裝飾而已。稱之為魔力，在字面上會給人不好的印象，所以姑且稱作「熊力」吧。我希望熊力能夠持續下去，再撐幾個小時就行了。我一邊祈禱一邊把申請書交給櫃檯。我在預約號碼下方寫下「砂村雨子」，貨物欄填寫「蔬果」。我心中祈禱這是人生當中最後的謊言。

貨物沒有被檢查，門就輕易打開了。卡車行駛在通往渡輪的小橋上，發出喀噠喀噠的聲音。裡面是寬敞的停車場，很難想像這是在船上。這座停車場會整個移動——我一邊讚嘆人類智慧，一邊把卡車停在指定場所，然後被引導至房艙。

「你要乖乖的，別動喔。」

我碰觸貨車帆布小聲說。雖然沒有聽見「我知道了」的聲音，但是我不會感到不安。我大概必須賠償大筆金額吧。雖然不是用錢能夠解決的事，不過也有些事只能用錢解決，所以我直到最後都沒有疏於節儉。話說回來，除了船票以外，我也投入了成人一人份的金額到捐款箱。以你的身體大小來說，一人份應該不夠，不過生命的重量是一樣的。

響亮的汽笛聲響起，船開始航行。我在經濟艙的大房間，想像著波浪將津輕海峽縱向切開、朝著函館前進的景象。室內粉紅色的牆壁和地毯彷彿在主張這裡是女性專用房間，讓我感到很不舒服。我試著躺下，看到地毯上有灑落液體的汙漬。即使是這樣的場所，應該也比你在的地方舒服多了。你即使離開動物園，仍舊被關在卡車的籠子裡。

我應該要睡覺，可是卻睡不著。我走出房間到處徘徊，不知不覺中就來到樓梯前方。

你就在這下面。

我的腳逕自往下走。明明什麼都沒有想，卻沒有發出腳步聲，大概就像貓科動物一樣，是本能讓我這麼做的。即使看到寫著「航行中禁止進入」的門，本能也沒有退縮。我伸出手，門把就轉開了。

我明知絕對不能做這種事，卻還是闖進來。到目前為止都很順利，怎麼可以自己製造麻煩？這絕對不是正常的判斷。如果被發現卡車上載著你，這十四年以來累積的努力都會付諸東流。我在奔跑。或許有警衛，或許有監視攝影機，門沒有上鎖也許不是運氣好，而是通往毀滅的誘惑；即使如此，我仍舊無法停止自己的身體。

我找到卡車，輕輕敲門。沒有聲音。我解開貨車帆布的繩子，為了避免發出聲音而小心翼翼地打開載貨臺。我跳入黑暗的車上，立刻關門。從後方小窗戶透進來的光線只能照亮你的輪廓。不過多虧如此，我能夠看到你在熟睡中呼吸，身體安詳地隨著一定的節奏起伏。

我坐在你旁邊。明明好幾次像這樣在一起，我的手卻在流汗。

「到了嗎？」

你茫然地張開眼睛。

「還沒有，繼續睡吧。」

我說完，你就打了一個小呵欠，閉上眼睛，立刻回到夢鄉。我很高興你在我的旁邊能夠睡著。

我豎起耳朵，傾聽你的呼吸。我把手貼在自己胸前，配合呼吸。

我觸摸你的毛梢。為了避免打擾睡眠，悄悄地摸。

我的手指從你的爪子滑到手背，再滑到手臂。為了避免吵醒你，緩緩地摸。接觸你的面積逐漸增加。手肘、雙臂、腋下、胸膛。我幾乎已經抱上去。我的身體撫摸著你的身體。

我閉上眼睛，身體突然變得輕盈。

我獨自一人站在黑色的草原上。

一望無際的灰色天空中，沒有任何東西。我抓住草，發現草的黑色不是因為陰影。扯斷草，連斷面都是黑色。我隨意抓起泥土，有黑色的蚯蚓在爬。不知名的小蟲子在手掌中忙碌地蠕動。

草地像波浪般搖曳。我躺在地上貼著臉頰，感覺有些溫暖。隱約帶有甜味的泥土氣息從我的手中乘風飛舞。

嗡嗡嗡嗡嗡。嗡嗡嗡嗡嗡。

屁股附近有東西冒失地在震動。

感覺真不舒服。好暗。這裡是哪裡？好窄。黑色的影子。你在我眼前。在睡覺。載貨臺。卡車。這裡是渡輪內。

我驚醒過來。

糟糕，我在你的旁邊睡著了。我連忙打開手機，看到月之丘動物園的文字。人工的光芒看起來是藍色。被發現了嗎？現在是幾點？我環顧四周，然後把視線移回手機，上面顯示八點五十分。我從小窗戶探視外面，看到卡車前方還有車子。

「ALLRIGHT，ALLRIGHT。」

我聽見引導汽車前進的聲音，悄悄打開載貨臺的門，看到坐進車子的乘客。

「要安靜喔。」

我對睡著的你說完就下車，裝出泰然自若的表情坐進駕駛座，前方的車子正準備開到外面。我調整呼吸打開手機，看到有六通來電，有一半是來自動物園，另外一半是我不知道的號碼。我對這十一碼的數字心生恐怖，相當確信這是園長的手機。

我再度對自己說沒關係，我早就知道會這樣。這一切都在預期範圍中。而且是這通電話叫醒我的。上帝站在我這邊。我為了壓下不安，用力拉緊安全帶。我對引導員點頭致意，盡可能平靜地發動。

下船之後，陽光穿透玻璃，蔚藍的天空彷彿在強迫推銷清爽氣息。我打開窗戶表達感謝。沒有人追來。函館的海風在歡迎我們。

街上有許多看起來很幸福的觀光客，或許是剛從晨間市場回來。我穿過街道，就看到朱色的物體。這是現在已經很少見的圓柱形懷舊郵筒。我從背包取出三個信封，輕輕放入裡面。媽媽和爸爸、砂村，還有昨天寫給園長的道歉信。

走了幾分鐘，就看到大沼國道的文字。這是國道五號線的別名，到了某一個地點就會改名為羊蹄國道。就如字面上的意思，這條路會通往羊蹄山，也就是你的故鄉。要行駛在這條路上三小時，不知道應該算長還是算短。不論如何，都讓人心急。

現在動物園應該已經陷入大混亂。我邊換檔邊想著遙遠的仙台。

一開始應該只是因為我沒有上班而打電話，不過後來就不一樣了。當峰姊代替我打開你的欄舍，看到空蕩的籠子，不知道會發出什麼樣的聲音。也許會嚇得腿軟吧。她向園長報告之後，消息傳遍飼育員，園內會一片騷動。剛值完夜班的蓮見也會得到聯絡。她會怎麼報告我的事？今天或許會停止開園。對於訪客，我真的感到很抱歉。在搜索園內的同時，警察和消防隊也會趕來調查現場。接著警衛會想到——

昨天深夜，雪之介的飼育員開著卡車離開動物園。

不，園長在聽到這則消息之前、甚至打電話給蓮見之前，大概就會猜到是我幫助你逃跑的。

目的地也可能已經被發現了。問題的關鍵，就在於那位園長會推理到什麼程度。不論打幾次電話，我的手機都打不通，於是我的置物櫃當然會被打開，裡面有砂村的地圖，上面有那智畫的紅色×印。希望他們看到之後能夠去搜索那裡。

我為了進入五號線，移動到左側車道。這時我聽到短促的警笛聲，後視鏡中強烈閃爍的紅色刺痛我的眼睛。

「前方卡車請停下來。」

擴音器的聲音發動追擊，我不禁全身僵硬。

我感覺胸口好似被刀刺中般，無法動彈。

怎麼辦？要逃跑嗎？我腦中浮現電影中汽車追逐的畫面，然後在撞車之後失去意識。也許我已經被通緝了。不要緊，就是為了避免這種情況，才要蓋上貨車帆布，並且偽造車牌。偽造——沒有露出馬腳吧？有沒有忘記上螺絲？鎖得夠緊嗎？長時間震動也沒問題嗎？或者是園長察覺到我要前往羊蹄山？手機GPS呢？應該關上了。如果是開著的呢？會不會有微弱的電波？如果沒有搜索令狀，應該不能隨便搜查才對。這是真的嗎？是可信賴的情報嗎？園長？偽造？GPS？電波？短短幾秒鐘之內，不安像突發的暴雨般襲來，凶暴的水滴把我的肌膚淋溼。

五號線明明那麼近，明明就快要到達羊蹄國道、你的山了。我的臉變得很僵硬，被看到就糟了，一定會被懷疑。載貨臺要是被打開，一切就完了，就連人生也完了。不是我的人生，而是你的人生。

我用顫抖的手退檔。當我放棄抵抗停下來，警車立刻跟在後方。

「貨車帆布鬆開了。」

即使警察這麼說，我仍舊沒有解除僵直狀態。我用顫抖的腳下車，看到自己的確忘了綁起來。

「對、對不起。謝謝提醒。」

我盡可能恢復平常心，綁起帆布。

「小心點。」

警察對我微笑的同時，載貨臺發出「咔咚」的聲音劇烈搖晃。

是你。你在動。

年輕警察和老警察兩人同時注視載貨臺。

我的心臟差點停止，血液無法循環到全身。

「車上載了什麼？」

我完全無法回答。我必須回答。如果不立刻回答，就會被懷疑。

「是馴鹿。」

我只能想到這個答案。

「馴鹿？」

兩名警察同時從警車下來。

「你們知道岩內有一家馴鹿公園嗎？我正要運到那裡。」

「哦，我有聽過。」

年長的警察把手放在載貨臺上。

「可以讓我看看嗎？」

完蛋了。他露出充滿興趣的表情。

咚！

載貨臺發出很大的聲音。你是不是也感受到面臨九死一生的險境？

這次我的心臟真的要停止了。

「啊，牠現在有點興奮，會有危險，所以最好不要去看。」

我支支吾吾地回答，警察便盯著我的臉。

完了，我的運氣到此為止。他們確實在懷疑我。

「可以檢查妳的駕照嗎？」

我依照指示，回駕駛座拿出駕照，遞出去時手也微微顫抖。心臟明明停止了，身體卻亂動。我從後照鏡看到年輕警察站在載貨臺旁邊。如果現在發動車子，他們要花多少時間才能坐上警車？我該試試看嗎？警察從小窗戶探視。你的影子在黑暗中移動。只能賭賭看了。我只能選擇逃跑。我的左手碰觸變速桿，手掌已經汗溼。

「原來是真的。妳為什麼這麼緊張？害我以為妳在說謊。」

警察從容地笑出來，把手伸向前座。

「咦？」

我轉向旁邊，看到馴鹿的角從背包露出來。

我的心臟恢復跳動，發出撲通撲通的聲音。我終於甦醒過來。

「呃，沒有……我只是從以前就有點怕警察。」我勉強堆起笑臉。

「妳以前一定做過壞事吧？好了，路上小心。」

警察摸摸鹿角，回到警車上。

我全身虛脫。

風雖然很涼，我的身體卻像是要融化了。

得救了。是三太先生和馴鹿救了我。那五年不是白費時間。

我望向鏡子，眼睛變得很紅。

肚子發出咕嚕咕嚕聲，讓我切身感受到自己活著。

我想起從昨天晚上就沒有吃東西。我開車到附近的加油站，請他們把油加滿，然後進入洗手間，清洗流了很多汗的手。我把水潑在臉上，恢復冷靜，然後買了最甜的麵包回到車上。這時一名青年對我說話：

「妳是從仙台來的嗎？長途開車辛苦了。」

他或許是高中生，肌膚雖然晒黑了，但紋理還很細緻。

「啊，是的。」

他露出清爽的笑容，很認真地替我擦窗戶。

「你是為了什麼目標這麼努力？」

我突然提出問題。

「這個嘛，我還不知道，所以只能姑且先努力打工。」

看起來很純真的臉孔彷彿綻放光芒。不知道目標還能努力，實在是太了不起了。

「妳從仙台運送什麼？」

當他問這個問題時，我感受到不舒服的震動。飲料架發出聲音。是動物園打來的電話。我打開手機，然後直接加強力道，把手機「啪」一聲折成兩半。

「對不起，可以請你幫我丟掉嗎？」

我把折斷的手機交給那名青年，他的雙眼像漫畫般瞪得很大。

「是熊。」

「咦？」

我之所以坦白說出實話，是因為他有一雙無憂無慮的眼睛。

「我不是在運送，是要把熊帶去某個地方。」

改變一個人態度的，果然還是人。即使是素不相識的陌生人，即使只是很瑣碎的一句話，人依舊會因為人而改變。不，不只是人，也有可能因為某個生命而改變。

「妳要帶去哪裡？」

「馬克西莫夫卡。」

這回脫口而出的是不曾預期的地名。這是我曾經像念咒語般誦讀的俄羅斯城鎮名稱。我感到有些懷念，胸口變得熱熱的。如果有一天贖罪結束，我想要一個人去那裡看看。

馬克西莫夫卡是什麼樣的城鎮？居住著什麼樣的人？那裡也有熊居住嗎？

行駛在五號線，住宅逐漸減少，只剩下田地。雖然看起來很悠閒，不過每一塊田地大概都承載了各式各樣的人生。不只是現在活著的人，也有從屯田兵時代連綿不絕繼承的人生——不，不對，應該是從更久之前、愛奴人的時代延續下來的。當我想著這些事，就覺得不論是鄉下、都會、馬克西莫夫卡，或是任何地方，對於某些人來說都是重要的土地。

我看到隧道。這是先人努力貫通的巨大洞穴。我感覺好像要被吸入黑洞般，有些可怕。陽光被遮蔽，人工的橘色光線改變我的世界。這條隧道就如人生般漫長而昏暗，看不到盡頭。如果一直沒有出口怎麼辦？如果隧道崩塌而被封鎖在裡面怎麼辦？或許可以在人造洞窟中沐浴著虛構的夕陽，永遠和你在一起。

四周突然變亮，讓我恢復清醒。我竟然沉浸在如此惡劣的妄想中。我踩下油門，看到大沼出現在右手邊。大沼怎麼看都很美，是一座不能稱為沼澤的湖泊。沼澤不美嗎？我對自己想到的事情提出疑問，然後覺得自己還是沒變。不過我開始覺得這樣也不壞。當我接近俱知安，就回到以前的自己。

我穿過小山，看到巨大的高爾夫球場。招牌上以可愛的字體寫著「鄉村俱樂部」，卡通造型的熊在笑。真正的熊並沒有笑，也沒有生氣，而是在哭。這是破壞自然的產物，人類欲望的結晶。我能夠毫不保留地對高爾夫球場發怒，感覺很痛快。不同於令人煩惱存在意義的動物園，我可以直接斷言不需要高爾夫球場，因此內心很舒暢。

周圍的顏色變了。不是因為心理作用，也不是因為隧道，而是因為海。道路沿著北海道左下方凹陷的內埔灣往西北延續。右手邊的景色只能描述為蔚藍，不過和美麗卻有些不同。看到大海，心中產生的情感只有一個。

遼闊、巨大，而且很深。就只有這樣，和我高中時從窗戶看到的海沒有兩樣。對岸不論是洞爺湖、仙台或是俄羅斯，即使什麼都看不見，也沒有差別。海又大又深，在某個地方全部連結在一起。

「自從我們以生命／發誓的那一天」

我無意識地哼著。這是我當時非常討厭唱的〈再一次喚回那美好的愛情〉。沒有人要求，我卻唱著這首歌。我想起老師的臉。不只是高中老師，還有國小國中的老師、美琴和其他班上同學、馴鹿和三太先生、KTV店的店長（我想不起他的名字，不過還記得長相）、動物世界的人、動物園的大家、蓮見和花見、天天、植木、先田、兔子和山羊、綿羊和鴨子、德川先生、熊哥和峰姊夫妻、畫無尾熊的美少女、媽媽哼的歌、爸爸的暖暖包、放大鏡中的砂村、黑豹般的眼睛、鳩子小姐的背影、那智的眼淚。

我不想要「再一次喚回那美好的愛情」。我無法想像，也不可能會想要，但是我現在能夠率直地想到，那些都是美好的愛情。

經過八雲町，沿海的道路緩緩改變方向，從西北變成北，然後固定在北北東。繼續行駛下去，就會到達羊蹄山。景色一直沒有變化。左邊是山，右邊是海。同樣的景象彷彿會永遠持續下去，但是這個永遠是虛構的。時間分分秒秒地減少，和你在一起的時間不斷消逝。消逝的速度不斷增加，或許代表我還是捨不得離別吧。我應該要感到高興，卻高興不起來。雖然可悲，不過這就是人類——砂村應該會這樣對我說。

從長萬部町開始，道路離開海邊，改變方向進入山中。在此同時，大沼國道變成羊蹄國道。這只是名稱變化，而且只是別名，道路本身沒有改變，不過光是如此就讓我心跳加速。

山中是一整片的綠色，因此灰色柏油路顯得格外明顯。使視野黯淡的這個色彩正令我感到寂寞，黃色與黑色的標識就映入我的眼簾。在熊出沒注意的文字上方畫著熊的輪廓。沒有眼珠子的那張臉看起來像科幻電影中的複製動物，感受不到生命的重量。既然如此，我寧願這樣的恐懼能夠植入小時候的我心中。即使是謊言也沒關係，我希望當時有人告訴我。這一來，就不會演變成這種情況。這一來，我也不會遇見你。

我的指甲嵌入方向盤。我望向小窗戶。我好幾次從後照鏡確認你有沒有探頭出來，但是你並沒有看我。或許是因為長途旅行而疲勞，或許是因為被關在黑暗中而痛苦，或許是因為一直搖晃使得屁股很痛。

「快要到了。」

我發出聲音。

「快要到了！」

我把車窗完全打開並大喊。

雖然就在後方，你卻聽不見。我明知這一點，但無法不說出來。

你就快要回到山上。

我無法再跟你說話，也無法再摸你、和你見面，或是從遠處眺望你。

永遠無法在一起了。這個永遠是真的。

黑松內町、蘭越町、二世古町——綠色當中偶爾出現有人居住的聚落，立刻又縮回山中。即使在彎道降低車速，這個速度仍舊不會改變，反而變快了。我眼中的車速表已經到達極限，卡車一路排放廢氣，穿梭在山間奔馳。一分鐘感覺像一秒鐘。即使看到高爾夫球場，我也不再產生任何感想。

從好一陣子之前就映入我的視野、但我刻意不去看的東西，此刻硬是遮蔽我的視野。高聳的山峰讓先前看到的山感覺就像玩具一樣。山頂隱約殘留著雪，無言地訴說著富士山般的風情及其宏偉巨大。

那是你的故鄉，羊蹄山。

我很想哭。我在眉間施力，換到低速檔。田地與建築零零落落地增加。這裡是俱知安。我們回到了故鄉。

砰！砰！

獵槍的聲音貫穿我的耳朵，眼前出現獵友會醒目的背影。我在道路旁邊看到那智。我看到凹洞般的一攤血。我看到你被射殺的媽媽。

我開車經過那個場所，鮮紅色的血滴弄髒車窗。

我覺得彷彿自己被開槍射擊，胸口發出悲鳴。方向盤在搖晃，但是我沒有踩煞車。因為我沒有看到你。因為你已經不在這裡。

車子度過尻別川。雖然沒有必要，不過我為了讓心情冷靜下來，緩緩行駛在河邊。鳩子小姐不知道在不在。她今天也餵鴿子了嗎？我想要看天空，不過還是算了。我告訴自己，這樣的疑問是沒有意義的。

有個女生在奔跑。雖然只看到背影，不過可以知道她拚命地在奔跑。這是第一次見到鳩子小姐的時候，還是去獵友會的時候？

「加油。」我喃喃地說。

雨子的心願一定會實現，所以繼續跑吧。

我超越過去的我，再次渡河。回頭雖然可以一覽河堤，但是我的視線沒有離開羊蹄山。即使不去看，我也知道鳩子小姐在那裡。

越接近太陽，周圍越是變得只有田地。柏油路變成泥土路，車子搖晃得更加劇烈。我小心避免掉入馬鈴薯田，繼續行駛，空氣突然變了。雖然沒有界線，不過肌膚能夠實際感受到進入山麓。銳利的風從樹木之間吹過，道路變得越來越細、越暗。我不斷行駛在只能勉強通過的山路，路旁伸出來的樹枝擦在載貨臺上，但是我還不打算停下來。我要行駛到能夠開車前進的極限，免得你不小心跑出來。

在進入野獸走的小徑前，我的腳離開油門，很謹慎地踩下煞車。

我下了車，看到輪胎輾過白色的花。

我冷靜地拆下貨車帆布的繩子，手沒有顫抖。寂寞與安心混合在一起，讓我感覺自己好像站在不太熟悉的地方。

我沒有敲門就打開門，你已經起來了。

「到了嗎？」

你問過之後，就自己下來。

你用四隻腳踩在大自然的泥土上，貼近鼻子聞氣味，彷彿是要確認柔軟度。

抬頭仰望，也看不到天空。

你把臉伸向遮蔽天空的樹葉，盡情吸入綠色的空氣。

一定很香吧。你的眼睛變得溼溼的。

眼中沒有浮現一絲哀傷。

我心想，這樣就行了。

你開始舔樹皮。

這裡的樹和動物園內的完全不同，刺刺的表面讓你感到開心。

你把巨大的身軀扭進樹木之間。

雜草被隨興地踐踏，不過和輪胎輾過的痕跡不同。

這裡具有生命的氣息。

等一下，還不要走。

我想要這麼說，卻忍住了，跟隨在你的後方。

你雖然沒有說任何話，不過你開闢的道路在對我說：

「一起來吧。」我看著緩緩前進的背影，自作主張地認定你對我這麼說。

你找到紅色的果實，津津有味地吃了。

「好吃嗎？」

我鼓起勇氣問，但是你仍舊沒有回答。

你把臉鑽進草叢中，這回吃了不明的物體。

我心想，太好了。

你能夠找到食物、吃到東西。

這是最單純、最重要的事。

你說沒問題，不是在說謊。

這代表你的聲音不是我的幻想。

雖然傷心、寂寞，不過我打心底認為，幸好這是真的。

在此同時，我也知道自己無法再聽到聲音了。

你在踏上真正的泥土的瞬間，就恢復野性。

我希望能夠至少聽到一聲「再見」。這是我的真心話。

不過我也覺得，這樣就行了。

你回到了媽媽、爸爸、家人、夥伴在等待的這座山。

「對不起。」

我在這句話當中，投入所有的思念。

一一去想會讓我心碎，所以我避免去想。

淚水很冰冷。不知不覺中，我已經在哭了。

不過應該沒關係了。我不用再忍耐了吧？

「最後可以再抱你一次嗎？」

我低聲說，你便停下動作。

你聽得見我說的話。

光是這項事實，就讓我像吃飽的鴿子般，身體好像要飛起來。

我觸碰你的手臂。

你回頭。

我無法停止。思念與淚水都無法停止。

我鑽進你的懷裡。
密密麻麻的毛包覆著我，溫柔地接納我的一切。
你什麼都沒有說，只是抱著我。
緊緊地抱著我。
我的身體好像要被壓扁了，不過即使被壓扁也沒關係。
「我愛你。」
我說出來。
我果然愛你。
所以才不想分手，想要在一起。
我沒有說出這些。
我哭得很傷心，你卻沒有哭。
因為這只是我的單戀。
你緩緩起身。
你用雙腳站立，一雙圓滾滾的眼睛看著我。
要道別了。
當我理解到這一點，你無聲地伸出手。
光亮潤澤的眼睛，依舊和小時候一樣圓滾滾的。

我握住大大的手。
好溫暖。比任何東西都要溫暖。
你開始向前走。
「我可以一起去嗎？」
你沒有回答，卻沒有放開我的手。
你撥開草叢，往森林深處一直走。
我不知道你要去哪裡，我很高興。
只要跟你牽著手，我可以前往任何地方。
我產生這樣的想法。
我和你手牽手一直走。
走到很遠很遠的地方。
紅色的太陽從樹木後方照射。
不久前還在正上方的太陽，現在已經要躲起來了。
時間流逝的速度快到驚人。
我抬起頭，看到你的眼睛帶著透明的潤澤。
我不認為你在哭。
但是這樣的透明光澤顯得稍微有些寂寞。

「謝謝。」

我聽見你的聲音，閉上眼睛。

不是因為高興，是因為這句話想必是、絕對是在道別。

「謝謝。」

我掉下眼淚說。

雖然不想說，還是得說，這是我十四年以來的願望。

我是為了實現這個願望而活著的。

「再見。」

我擠出聲音，你便鬆開我的手。

「再見，小雨。」

你說完後，消失在山林深處。

你最後終於稱呼我的名字了。

好安靜。既安靜又黑暗。

不知道過了多久。就連月光也沒有照射到這裡。

因為太過黑暗，就連我自己是不是在這裡都不知道。

雖然無法使用眼睛，不過耳朵、鼻子、手和腳，告訴我這裡是森林裡面。

我倒在山中。

當我發現自己睡著了，原本包覆身體的幸福感消失得無影無蹤。

真正的黑暗近在眼前。

從哪裡開始是夢境？

和你牽手的部分？你抱緊我的部分？

謝謝的部分？再見的部分？

這一切難道都是夢嗎？

「小雨」呢？

你稱呼我的名字，也是出自我的主觀想像嗎？

我只是孤單地在追逐你嗎？

眼淚沒有掉下來，已經乾枯了。

我感到害怕。

我不知道這裡是哪裡，也沒有辦法站起來。

魔法消失了。

接下來我該怎麼辦？

這是我一直盼望、祈禱的結果。

然而我卻沒有感到高興，只是寂寞、害怕。

好冷。我快凍僵了。口很渴，全身變得乾涸。

接下來才可怕。

不是成為罪犯這一點。

我是為了自己已經達成人生目的而發抖。

我明明知道會變成這樣，卻完全沒有想過變成這樣之後的事情。

那智已經不在了。

家人和動物園也一樣。我不能回到自己背叛的人身邊。

鳩子小姐已經不認識我。

你也不在了。

我變得孤單。

泥土、風、樹葉和草在騷動，但我什麼都聽不見，什麼都感受不到。

我無法動彈。

明明沒有被關進籠子裡。

世界明明這麼大。
我好冷，臉頰變溼了。
淚水明明已經乾涸。

滴答。
我聽到聲音。
滴答。滴答。
這是具有生命的聲音。
滴答。滴答。滴答。滴答。
是雨水。
在漆黑的天空中，雨滴悄悄綻放光彩。
我擦拭臉頰，眼前突然變得明亮。
琥珀色的物體生氣蓬勃地在閃耀。
我站起來。
我張開溼溼的手，湊近鼻子。
你曾經在這裡。
我的左手散發著蜂蜜的氣息。

致謝詞

執筆之際，承蒙東武動物公園的大家給予我很大的幫助，在此要表達由衷的感謝。

本作品純屬虛構，文責由作者承擔。與實際的人物、團體等沒有任何關係。

作者

國家圖書館出版品預行編目資料

你的右手有蜂蜜香 / 片岡翔作 . -- 1 版 . -- 臺北市：城邦文化事業股份有限公司尖端出版：英屬蓋曼群島商家庭傳媒股份有限公司城邦分公司尖端出版發行 , 2022.01
面； 公分
譯自：あなたの右手は蜂蜜の香り
ISBN 978-626-316-353-9(平裝)

861.57　　110019001

嬉文化

你的右手有蜂蜜香

（原名：あなたの右手は蜂蜜の香り）

著　者／片岡翔
繪　者／秦直也
譯　者／黃涓芳
執 行 長／陳君平
美術總監／沙雲佩
國際版權／黃令歡、梁名儀
榮譽發行人／黃鎮隆
美術編輯／方品舒
企劃宣傳／楊玉如、施語宸、洪國瑋
協　理／洪琇菁
執行編輯／陳昭燕
內文排版／謝青秀
總 編 輯／呂尚燁
文字校對／施亞蒨

出　版／城邦文化事業股份有限公司 尖端出版
台北市中山區民生東路二段一四一號十樓
電話：（〇二）二五〇〇－七六〇〇
傳真：（〇二）二五〇〇－二六八三
E-mail：7novels@mail2.spp.com.tw
發　行／英屬蓋曼群島商家庭傳媒股份有限公司城邦分公司 尖端出版
台北市中山區民生東路二段一四一號十樓
電話：（〇二）二五〇〇－七六〇〇（代表號）
傳真：（〇二）二五〇〇－一九七九
中彰投以北經銷／楨彥有限公司（含宜花東）
電話：（〇二）八九一九－三三六九
傳真：（〇二）八九一四－五五二四
雲嘉經銷／威信圖書有限公司 嘉義公司
電話：（〇五）二三三－三八五二
傳真：（〇五）二三三－三八六三
南部經銷／威信圖書有限公司 高雄公司
電話：（〇七）三七三－〇〇七九
傳真：（〇七）三七三－〇〇八七
香港經銷／城邦（香港）出版集團有限公司
香港灣仔駱克道一九三號東超商業中心１樓
電話：（八五二）二五〇八－六二三一
傳真：（八五二）二五七八－九三三七
E-mail：hkcite@biznetvigator.com
新馬經銷／城邦（馬新）出版集團 Cite（M）Sdn. Bhd.
E-mail：cite@cite.com.my
法律顧問／王子文律師　元禾法律事務所
台北市羅斯福路三段三十七號十五樓
二〇二二年一月一版一刷
二〇二二年六月一版二刷

郵購注意事項：
1.填妥劃撥單資料：帳號：50003021戶名：英屬蓋曼群島商家庭傳媒(股)公司城邦分公司。2.通信欄內註明訂購書名與冊數。3.劃撥金額低於500元，請加附掛號郵資50元。如劃撥日起 10～14日，仍未收到書時，請洽劃撥組。劃撥專線TEL：(03)312-4212 ・ FAX：(03)322-4621。E-mail：marketing@spp.com.tw